愛經典

閱讀經典，成為更好的自己。

A Room of One's Own

# 自己的房間

維吉尼亞．吳爾芙——著

Virginia Woolf

于是——譯

# 緣起

愛經典

卡爾維諾說：「『經典』即是具影響力的作品，在我們的想像中留下痕跡，並藏在潛意識中。正因『經典』有這種影響力，我們更要撥時間閱讀，接受『經典』為我們帶來的改變。」因為經典作品具有這樣無窮的魅力，時報出版公司特別引進大星文化公司的「作家榜經典文庫」，期能為臺灣的經典閱讀提供另一選擇。

作家榜經典文庫從二〇一七年起至今，已出版超過一百本，迅速累積良好口碑，不斷榮登各大暢銷榜，總銷量突破一千萬冊。本書系的作者都經過時代淬鍊，其作品雋永，意義深遠；所選擇的譯者，多為優秀的詩人、作家，因此譯文流暢，讀來如同原創作品般通順，沒有隔閡；而且時報在臺推出時，每部作品皆以精裝裝幀，質感更佳，是讀者想要閱讀與收藏經典時的首選。

現在開始讀經典，成為更好的自己。

# 目錄

導讀

# 房間之內、房間之外

幾乎所有現當代女性主義作家、女性題材的創作都繞不開一句名言：「女人想要寫小說，她就必須有錢，還有一間屬於自己的房間。」（出自吳爾芙的長散文《自己的房間》）二十一世紀再回首這一論點，我們還會有新的觸動嗎？或者，我們真正該問的是：這篇長文問世已近百年，文中探討的問題在新時代中得到答案了嗎？

傑作需要流芳百世的名言，但也可能因一言而蔽，後世的讀者反而會因此疏忽文中的多重思想——《自己的房間》就是這樣的典型，太多人自認為瞭解了中心思想，卻忘記了從頭到尾慢慢品讀。

這篇長散文是兩篇講稿的合集，容量堪比小長篇，也動用了小說筆法，涉及女性在經濟、教育、職業、生育等許多領域面臨的困境，用歷史的眼光探討了女性被剝奪的多項權益。一九二八年十月二十日和十月二十六日，吳爾芙去劍橋大學，分別在紐納姆女子學院和格頓女子學院就「女性與小說」一題發表了演講；一九二九年三月，她將兩份講稿合為一文，最初是以〈女性與小說〉為題發表於美國雜誌《論壇》，並於同年在她和丈夫開創的霍加斯出版社以《自己的房間》為書名出版了單行本。

本書根據企鵝出版社二〇〇四年的版本再譯，所吸取借鑑的老版本很多，早至一九八九年的三聯版（譯者：王還），新至二〇〇三年人民文學版（譯者：賈輝豐）、二〇一四年雅眾版（譯者：吳曉雷）等版本，主要修正了一些拗口的長句，訂正了一些人名、地名及注腳，力求從語感到語義等多方面呼應二十一世紀中文讀者的閱讀習慣。更重要的是，在本文面世將近百年之際，喚起更多年輕讀者對這部女性主義開山之作的再度重視，從文學、社會學、性別主義等多重角度重新審視這部傑作，甚而意識到——文中所指出的那些問題正在、但並未得到徹底的解決，吳爾芙所期待的女性寫作的漫漫長路仍在複雜的現實狀況中緩慢拓展，革命尚未成功。

假如說，瞭解名言背後的全景是此次閱讀的第一個任務，那麼，第二個任務顯然就是瞭解這篇文章背後的維吉尼亞．吳爾芙，瞭解她為何要這樣寫？又為何比別人更早寫出這篇長文？

吳爾芙是二十世紀最著名的意識流小說家之一、女權運動先驅，一八八二年一月二十五日出生於倫敦南肯辛頓海德公園門。父母雙方都曾喪偶，所以她從小就與異母異父的七個兄弟姊妹住在一起。她的父親萊斯利．史蒂芬爵士是一位很有名的編輯，也是文學評論家及傳記作者，第一任妻子哈利特是大作家薩克萊的幼女，第二任妻子茱莉亞長得很美，曾擔任前拉斐爾派畫家愛德華．波恩-瓊斯的模特兒，維吉尼亞是她的第三個孩子。正如吳爾芙在本書中所寫道的，「身為女人，我們只能透過母親去回溯過去」，茱莉亞對吳爾芙的女性觀有很大的影響。雖然在那個年代，男孩才有機會去正規學校讀書，但茱莉亞堅持在家裡教育孩子，我們可以在一八九四年的一張照片中看到她如何教導五個孩子。後來，在吳爾芙很多散文和小說中，都能窺見母親茱莉亞的形象。

維吉尼亞出生在這樣的文藝世家，顯然比同時代的大部分女性更開明。因為父親與很多文學名士都有往來，包括亨利・詹姆斯、丁尼生及湯瑪斯・哈代，她從小就對文學情有獨鍾。一八九一年，九歲的維吉尼亞就在父親的鼓勵下開始寫作，自創了名為《海德公園門新聞》的小週報，用詞語代替玩具，傾情於自己的遊戲。在一八九七到一九〇一年間，她在倫敦國王學院接受了古希臘語、拉丁語、德語及歷史教育。

可惜好景不長，維吉尼亞十三歲時，母親茱莉亞因病去世，她經歷了人生中第一次精神崩潰；兩年後，同母異父的姊姊、代替母親照顧家人的斯特拉也去世了；緊接著，一九〇四年，她的父親萊斯利也去世了，她只能隨兄弟姊妹搬到了布魯姆斯伯里的格頓廣場。雙親相繼辭世的這段時期裡，她常常遭到同母異父的哥哥的性侵。

維吉尼亞從一九〇五年開始職業寫作生涯，最初為《泰晤士報》文學增刊撰稿。後來，她和姊姊凡妮莎、哥哥索比、弟弟艾德里安以及幾位朋友創立了布魯姆斯伯里派文人團體，在倫敦文藝界相當活躍。在他們的諸多事蹟裡，有一件事特別值得一說：一九一〇年，維吉尼亞女扮男裝，和弟弟艾德里安等四人登上了當時英國皇家艦船「無畏戰艦」，謊稱是非洲某個國家的外交團，在艦船上受到了高規格的待遇。此事被媒體披露後，英國海軍感覺顏面盡失。而經歷這事的人都稱讚維吉尼亞的扮相和演技——這顯然會讓我們聯想到她出版於一九二八年的驚世駭俗的小說《歐蘭朵》。當時，布魯姆斯伯里派有很多擁躉，其創辦理念時常與上流社會的迂腐風氣衝突，但從回憶錄來看，團體內部始終有矛盾，包括姊妹間的情感齟齬，所以，不妨說是因為凡妮莎的干預和推動，維吉尼亞才成為了吳爾芙。

一九一二年，維吉尼亞和公務員兼政治理論家倫納德·吳爾芙結婚，出乎所有人的意料，但世人最終會說，嫁給倫納德是她一生中最明智的決定。他一直仰慕她，婚後也一直撫慰她、理解她，無論是分房睡還是創辦出版社，他都沒有怨言地配合她。

一九一七年四月二十四日，他們買到一架手動印刷機，霍加斯出版社就此成立，它最主要的業績莫過於出版了吳爾芙所有的作品。從某種角度看，吳爾芙所言「女人想要寫小說……有一間屬於自己的房間」尚不足以囊括當時女性寫作的困境，真該再加上一句「還要有一間屬於自己的出版社」。最初這項只限於會客廳的出版事業很快就占據了他們的餐廳，最後占據了他們生活中的大部分時空，既能以體力工作讓她消解緊張情緒，又能讓吳爾芙夫婦不受其他出版社限制，透過自己的文學創作和圈內人脈賺到錢，帶來精神和物質的雙重滿足。但經營獨立出版社是很辛苦的，他們不得不從商業角度考慮選擇出版物，因此，也拒絕了同樣是當時最前衛的意識流作家——詹姆斯．喬伊斯的新作《尤里西斯》。

無論如何，霍加斯出版社確保了吳爾芙的文學生涯順暢展開。一九一七年，吳爾芙出版了《牆上的斑點》；一九一九年，出版《丘園》和《夜與日》；一九二二年，出版《雅各的房間》；一九二五年，出版《普通讀者》與《戴洛維夫人》；一九二七年，出版《燈塔行》；一九二八年，出版《歐蘭朵》；

一九二九年，出版《自己的房間》；一九三一年，《波浪》問世；一九三七年，幾經重寫和修改的《歲月》問世。在吳爾芙一九四一年三月二十八日投河自盡後，霍加斯出版社在倫納德的努力下繼續經營到一九四六年，在二十九年間共出版了五二七部作品。半個多世紀後，霍加斯於二〇一二年重新成立，成為了出版業巨頭企鵝藍燈旗下的一個品牌。

《自己的房間》是一篇隨意識流動，且不乏龐雜論據的演講文，分為六個章節。

第一章開宗明義，點出獨特的論點，但敘述重點完全放在吳爾芙在名校中的經歷，確切地說，是極其不悅的遊覽體驗，矛頭直指男權社會對女性的不公平待遇，但她沒有放任自己在怨懟中失去思考，而將思路從學府轉到經濟層面，有如神來之筆，將文學議題轉化為經濟基礎問題，很可能令二十一世紀的讀者驚訝得合不攏嘴——原來，女性擁有財富是如此「新鮮」的事！

第二章的場景轉入大英博物館，想從以往經典作品中尋找答案的吳爾芙鎩羽而歸，唯一的收穫仍是問題：為什麼男性作者那麼愛談論女性，甚而在史詩中歌頌，卻又同時貶低女性群體的智力、體力和各方面的能力？由此，她成為歷史上第一位偵探到男性之憤怒本質的女作家，揭開了男性權威的真相。這時，神來之筆再次出現，錢包中的一兩張鈔票將議論再次拉回經濟命脈。

第三章的精妙構想發生在夜晚的私人書房，從歷史學家的敘述出發，向讀者展示了「長著鷹翅的蠕蟲」一般的女性形象。女性在歷史上的嚴重缺席，令吳爾芙執著於一個疑問：十八世紀前的女性究竟過著怎樣的生活？本章的神來之筆落在「莎士比亞的妹妹」身上。吳爾芙虛構了一位才華橫溢的年輕女子，合理推斷了她的悲慘命運。接著，她提出一個更引人深思的問題：才華，究竟該怎樣量度？寫作，需要怎樣的條件？

第四章以無法辯駁的實例取勝。從溫切爾西夫人、紐卡斯爾公爵夫人到瑪格麗特．卡文迪許，她先羅列了幾位十七、十八世紀出身貴族世家的女詩人、女作家，再強調了同時代的貝恩夫人是有史以來第一位靠寫作謀生的女性，繼而展開一幅全景畫面：「到十八世紀即將結束時，轉變已發生，若由我來重寫歷史，我要充分描寫這一轉變，並且明確表態：其意義比十字軍東征或玫瑰戰爭更重大。中產階級女性開始寫作了。」歷史進展到十九世紀後，珍．奧斯汀和勃朗特姊妹成為她分析的主要對象，但她分析的並不是文本本身的高低良莠，而是作家的心境——換言之，這並不只是文學評論，而更像是心理分析。在此，吳爾芙引申出了就當時而言非常前衛的女性創作觀點：「女小說家的性別怎麼能妨礙她的真誠，亦即我所以為的作家的脊骨？」女作家不僅要有屬於自己的房間，還要有屬於自己的思想、視角、態度、句法和修辭……

第五章，吳爾芙將目光投向當代作家。值得一提的是，在做這次演講前，她已寫下了《歐蘭朵》，在本章節中出現的莫須有的「瑪麗．卡米克爾」的處女作，顯然和她自己的創作有關係。在此，吳爾芙提醒大家注意：文學世界裡尚未有過描寫女性友誼的作品。「在珍．奧斯汀的時代之前，小說中所有的重要女性都是從異性的視角來看的，而且，只有在與異性發生關聯的情況下，她們的形象才得以顯現。」如此推斷下去便可知，女作家的創作天地何其廣博！她可能也是第一位提及「女性力」的作家。

第六章是總結性的，也比前幾章更令人鼓舞。很多人引用過的名言「偉大的頭腦是雌雄同體的」其實是柯立芝說的，但確實是由吳爾芙在此深入闡釋的。她以男性作家在行文時無意識表露的傾向為例，繼而，將矛頭轉向正在法西斯國家如火如荼展開的文學運動，並以「早產兒」這一精準的類比對其進行批判，這充分證明了吳爾芙擁有客觀、專業且具有歷史批判性的文學觀。最後，她鼓勵年輕的女大學生們勇敢地走上文學之路，並且再次強調物質對於創作力的重要性：歸根結柢，不是物質本身在發揮作用，而是物質能給予的一定程度的「心智自由」。

「任何人，寫作時總想著自己的性別，都會犯下毀滅性的錯誤。」作為女權主義的先驅之一，吳爾芙並沒有偏袒女性寫作時應強調女性意識，這恰恰是真正的平權運動所期待的結果。如果女性也成為憤怒的男權家長式的人物，或許，那並不該被認為是女權運動的最終勝利，也絕對不是雌雄同體的心智的表現。

本書採取「外一篇」的結構，附加了原本收錄於《普通讀者》中的一篇演講文：〈應該怎樣讀一本書？〉。雖有一個看似指導性很強、酷似手冊文案的標題，但這篇文章實為一位資深讀者的經驗漫談，從傳記到詩歌，吳爾芙用讀者特有的跨時空思維脈絡，向我們展現了一部微縮的英國文壇景象。本次重譯將文中所提及的諸多人物反覆加以確認，有興趣的讀者可以在注腳中窺見各位名留青史的英國文學家們在貴族世家和社交圈的互動關係。

如上所述，維吉尼亞．吳爾芙首先是個飽讀詩文的資深讀者，再是一位筆耕不輟的天才作家，還是一位對經濟、歷史、性別等社會問題有深刻思考的知識分子。她的文學遺產值得後人不斷重讀，她超越時代的思想更值得一代又一代女性深思。

**于是**

二〇一九年三月

# 01

妳們或許要說，我們請妳來談談女性與小說——但是，這與自己的房間有何關聯？

請容我慢慢細說。

妳們邀請我來講「女性與小說」這個主題後，我就在河邊坐下，開始深思這兩個詞的涵義。要說這個主題，我也許可以點評一下芬妮·伯尼[1]的小說，就珍·奧斯汀[2]多說幾句，再把勃朗特姊妹[3]誇讚一番，並簡略形容一下冰雪覆蓋下的海沃斯牧師家；如有可能，再用幾句俏皮話評一評米特福德小姐[4]，再用幾句恭維的摘引，讓人想到喬治·艾略特[5]，再提一下蓋斯凱爾夫人[6]，如此罷了，大致就能算講完了。但三思過後，又覺得這幾個字似乎並非如此簡單。

女性與小說，這個議題的意思可能是關於女性的，或許，妳們的本意是要我談談女性應該是怎樣的人？也有可能是關於女性作家及其所寫的小說；又有可能是關於女性和那些以女性為題的小說；當然，也可能這三者兼而有之，成為無法區隔的大議題，妳們是想請我從這個角度加以考慮。

但當我開始用這個思路，也似乎是最有趣的一個思路去思考時，卻很快發現它有一個致命的缺點：我將永遠無法得出結論。我也無法盡到一個講演者的首要責任——我認為，那就是在講完一小時後能給出一些金玉良言，足以讓妳們的筆記本熠熠生輝，被永遠地供奉在壁爐臺上。

而我所能做到的一切，卻只是就一個微小的問題給出一個觀點：

女人想要寫小說，
她就必須有錢，
還有一間屬於自己的房間。

如此一來，妳們肯定會發現，諸如女性的天性、小說的真諦之類的大問題都將懸而未解。我推脫了責任，不去給這兩個問題下結論——就我而言，女性、小說，都仍是未解的疑難。

不過，為了加以彌補，我將盡力向妳們說明：我是如何形成「房間和錢」這個觀點的。我將在諸位面前知無不言、言無不盡地闡述自己一連串的思緒是如何歸結到這個想法的。如果我能把這種論調背後的種種想法或者說是種種偏見解釋清楚，妳們也許就會發現，其中有涉及女性的部分，也有涉及小說的部分。

無論如何，誰都不能指望在某個備受爭議——任何牽涉到性別的問題都是如此——的議題上說出唯一的真相。我們只能如實展現自己何以得到並持有某種觀點，且不管那是什麼樣的觀點。對於聽眾，我們只能給出一種可能性：在瞭解講演的種種侷限、成見和個人偏好之後，讓聽眾們得出自己的結論。

在這種語境下，小說所涵蓋的真相遠勝於事實。因此，我要充分利用身為小說家的所有自由和特權，先對妳們講一講我來這裡前的兩天裡發生的事情——肩負著妳們施加於我的沉重話題，我苦思冥想，任其在我的日常生活中隨時隨地引發思考。無須贅言，我接下去描述的場景純屬虛構：牛橋[7]是杜撰的，芬漢姆學院也一樣；所謂的「我」只是為了敘述方便而使用的人稱代詞，並非特指真實的某人。

我會信口開河，但也許會有部分真相混雜其中，要由妳們把真相尋覓出來，再由妳們決定其中是否有值得記取的真理。如果沒有，妳們當然可以把這些話統統扔進廢紙簍，忘個一乾二淨。

好，那就來說說一兩個星期前的我（可以稱我為瑪麗．伯頓，瑪麗．西頓，瑪麗．卡米克爾，或是任何妳們中意的名字——這無關緊要）。

那是十月裡的一個好天氣，我坐在河邊，沉迷於思考。剛才提到的重負，也就是「女性與小說」這個激發出各種偏見和強烈情緒、亟待得出結論的主題，壓得我抬不起頭來。

就連我左右兩邊一叢叢不知名的灌木都閃耀著金黃與深紅的色彩，宛如在高熱的火焰中熾燃。對岸，柳樹垂楊低拂，似要哀泣到永遠。河水隨心所欲地倒映天空、小橋和河畔色澤火亮的樹葉，每當有大學生划船而過，倒影碎而復合，完好如初，好像那人從未來過。

坐在那裡，簡直可以從早到晚地沉迷於思索。

思索——這麼說算是抬舉吧——已將其釣線沉入涓涓溪流中了。一分鐘又一分鐘，它在此處的倒影、彼處的水草間晃動，隨水浮升又沉降，直到釣線那頭突然沉了一下——妳們知道，就那麼輕輕一提。小心翼翼地收線，把凝聚上鉤的念頭釣上來，再小心翼翼地展開，鋪陳在草地上；哎呀，我的這個小念頭，看上去是那麼微小，那麼無足輕重，儼如一條小魚，小到老練的漁夫會把它丟回河裡，讓它再長大一點，有朝一日再釣來下鍋，才好大快朵頤。我不想現在就讓妳們因這個念頭而傷腦筋，但如果妳們留心，就能在我接下來的講說中發現它的蛛絲馬跡。

然而，不管它是何等渺小，卻終究有其神祕性——只要被放回腦海，它就立刻變得令人興奮，並且意義重大；它時而飛游，時而沉潛，從這裡那裡閃過，激蕩出一波波思緒的騷動，讓人實在沒辦法安靜地坐下去。

於是，我快步走起來，不知不覺間踏進了一塊草坪。就在那一瞬間，有個男人的身影挺立而出，攔住了我的去路。一開始我都沒反應過來，那個身穿圓襬外套、內襯正裝襯衣、怪模怪樣的傢伙是在衝我做手勢呢。他的表情又驚恐又憤慨。

與其說是理性幫到了我，不如說是本能讓我幡然醒悟：

他是學監，而我是個女人。

這裡是草坪，人行道在那邊呢。

只有研究員和學者們可以走這裡的草坪，而我該走的是碎石小路。

這些想法是在一瞬間發生的。等我重新走上石子路了，學監的手臂才放下來，神色也平和下來，一如往常了；雖說草坪是比石子路好走，但石子路也不至於造成多大的損害。但是，不管那些研究員和學者們是哪所學院的，我只有一件事要投訴：就為了保護他們這塊三百年來始終被養護平整的草皮，卻把我的小魚嚇跑了，蹤影全無。

我現在已經想不起來了，當時究竟是什麼樣的思緒讓我肆無忌憚地擅闖「禁地」？祥和的精神如天堂降下的祥雲，如果能駐留於某時某地，那就必然是在美好十月的清晨，降落在牛橋的校園和四方庭院之中。穿過一條條古老的長廊，徜徉於學院之間，現實的粗糲感似乎被磨滅了；身體彷佛置於一樽神奇的玻璃櫃裡，沒有聲音能傳進來，心神也遠離各種現實中的紛擾（只要別再踏入草坪），盡可自由遐想，沉溺於任何與此時此地相宜相契的深思。

不經意間，我偶然想起一篇提及長假時重遊牛橋的古老散文，繼而又想起那位散文作家查爾斯·蘭姆[8]——薩克萊[9]曾把蘭姆的一封信高舉齊額，尊稱他為「聖查爾斯」。確實，在過世的前輩作家中（我想到哪裡就說到哪裡），蘭姆算是最可親可近的一位，妳會願意問他「請告訴我，您是如何寫好散文的？」之類的話。我覺得他的散文在很多方面甚至超越了麥克斯·畢爾邦[10]的傑作，盡善盡美，因為他有狂野的想像力，那種天賦靈光迸發於字裡行間，有如閃電霹靂，固然會給文章帶去瑕疵和不足，卻還有詩意星光般閃耀。

蘭姆來到牛橋，差不多是一百年前的事了。他確實寫了那篇散文——標題我記不得了——文中提到他在這裡看到了米爾頓[11]的手寫詩稿。那首詩應該是〈利西達斯〉吧。蘭姆寫道，一想到〈利西達斯〉中的每一個字詞都可能不是現在這樣，他不禁深受震動。在蘭姆想來，即便只是想一想米爾頓改換了這首詩中的字詞，都像是一種褻瀆。這又讓我盡力去回憶〈利西達斯〉，猜一猜米爾頓改動的是哪個字詞，為什麼要那樣改，那應該會讓我樂在其中吧。

繼而，我又驀然想到：蘭姆看過的那份手稿近在眼前，不過幾百公尺遠；也就是說，我完全可以追隨蘭姆的足跡，徑直穿過四方庭院，去親眼看看那座珍藏寶物的舉世聞名的圖書館。

說去就去，就在我把這個想法付諸實施的時候還想到一件事：薩克萊的《享利．艾斯蒙》手稿也保存在這座著名的圖書館裡。評論家們常把《享利．艾斯蒙》譽為薩克萊最完美的小說。但在我的記憶裡，這本書的文體矯揉造作，刻意效仿了十八世紀的寫作風格，對作家而言更像是一種阻礙，除非，十八世紀的風格對薩克萊來說反而是自然而然的——若能看到手稿，細查這種刻意的改變是為了精緻的風格，還是為了充實意蘊，或許能證實這一點。

但若想去證實，還必須先敲定何為風格、何為意蘊，這個問題——剛想到這裡，我已經走到直通圖書館的大門口了。

我準是把門推開了，因為，立刻出現了一個守護天使般的人影擋在入口處，但他沒有天使般的純白羽翼，而是披著一襲純黑色的長袍；這位銀髮蒼蒼、面目和善的紳士不以為然地揮揮手，把我擋在門外，略有歉意地低聲告知：只有在本學院研究員的陪同之下，或持有介紹信的女士，才得入內。

舉世聞名的圖書館被一個女人咒罵，絲毫無礙於它依然是座舉世聞名的圖書館。莊嚴肅穆，備受仰慕，帶著安全無虞、深鎖於心扉的所有珍寶，它志得意滿地酣睡著，對我來說，它將如此沉睡到永遠。我惱怒地走下臺階時默默發誓：我決不會驚擾它的清夢，決不會再來請求它的優待。

距離午餐還有一個小時，我還能做什麼呢？在草地上散散步？到河邊坐坐？那天上午真是秋高氣爽，落葉繽紛，滿地飄紅，散步或閒坐都不算難事。

但有樂聲飄蕩耳際。應當是有人在做禮拜，或在舉行什麼慶典。當我經過小教堂時，門內的管風琴奏出了如怨如訴的壯麗旋律。在那寧謐的氛圍中，甚至連基督門徒的悲鬱聽來都更像是對悲哀的懷緬，而非悲哀本身；甚至連古老的管風琴的哀訴都被那分寧謐層層裹住了。

即使有權入內，我也不願進去了，這一次，教堂執事恐怕也會攔下我，要我出示受洗證明或是本區主教開具的介紹信。反正，這些宏偉建築的外觀之美一如其內部。更何況，看看信眾聚集、進進出出、像一群蜜蜂在蜂房口忙忙碌碌，也挺有樂趣。他們大多披袍、戴帽，有人披著毛皮披肩，還有人坐在輪椅裡被推行，還有些人，雖未屆中年，卻已顯滄桑憔悴，形貌怪異，讓人想起在水族館的沙灘上費力爬行的巨蟹和鼇蝦。我斜倚在牆上，頓覺眼前的大學活像一座庇護所，稀有物種盡被收容，要是讓他們在河岸街[12]一帶自求生路，恐怕很快都會被淘汰。

一時間，我的腦海裡浮現出那些老學究們的陳年故事，但還沒來得及鼓起勇氣吹口哨——據說，有位老教授一聽到口哨聲就會狂奔——那些可敬的信眾都已進了教堂。只剩下小教堂的外牆可供觀瞻了。如妳們所知，可以看到高高的穹頂和尖塔，像一艘永在航行卻永不能抵達的船，點亮暗夜，遠隔山頭仍遙遙可見。

不妨設想一下，曾幾何時，涵蓋齊整的草坪、恢宏的建築和這座小教堂在內的這個四方形大庭院，也不過是片沼澤，荒草飄搖，豬玀刨食。我猜想，必定曾有一群群牛馬從遙遠的鄉村拉來一車車石頭，然後工人們費盡千辛萬苦，自下而上一塊塊地壘砌灰色巨石，我才得以站在它們的蔭庇之下；繼而，畫師帶來彩色玻璃窗，裝嵌入框，泥瓦匠帶著泥刀鐵鏟，幾百年來忙於在穹頂上塗抹油灰水泥。每逢週六，必定有人從皮革錢袋裡倒出些金幣、銀幣，落在那些久遠年代的工匠們的掌心裡，好讓他們能去換酒水，在九柱球戲中消遣一夜。

我料想，必定要有流水般的金幣銀幣源源不斷地送到這庭院來，好讓石頭一車車運來，泥瓦工一天天勞作，整地、挖溝、掘地，還要鑿渠。而且，那是虔於信仰的年代，揮擲金銀打下深厚的根基，壘起巨石建築後，還要從國王、王后、王公貴族的金庫裡籌措到更多金銀，以不吝之姿投入建設，確保聖歌能在此唱誦，學識能在此傳授。土地一塊塊被賞賜，賦稅一筆筆被繳清。而當信仰時代過去，理性時代到來後，金銀錢財仍要如此滾滾而來——設立研究生的獎學金，資助講師們的職位，只不過，現在流入的金銀不是來自王公貴族的金庫了，而是商賈的錢櫃，還有那些靠製造業賺了大錢的工廠主們的腰包，他們要回饋教給他們一技之長的大學院校，便在遺囑中撥出鉅資，讓大學添置更多桌椅，請來更多講師，培養更多研究生。

由此，幾百年前荒草飄搖、豬玀刨食之地，如今便有了圖書館和實驗室，有了天文臺，玻璃架上還有昂貴的設備、精密的儀器。繞著庭院信步而行時，我深覺金銀夯實的地基著實深厚，毋庸置疑，人行小道堅實地鋪在野草之上。頭頂盤子的男人們步履匆忙，在樓梯間穿梭。花朵在掛於窗臺外的花籃裡炫麗盛放。留聲機放出響亮的旋律，從房間裡傳出來。

不去反思都不可能啊——但不管想到了什麼，也只能點到為止。鐘聲響了。是該去吃午飯的時間了。

有一件事很耐人尋味：小說家們總有辦法讓我們相信，一席午餐之所以令人回味，必定是因為有人妙語連珠，或有人舉止高明。但對於吃食本身，他們往往惜字如金。小說家們謹遵的俗套之一便是避而不談湯、鮭魚和鴨肉，好像湯、鮭魚和鴨肉根本就無關緊要，好像根本沒人吸過一口雪茄或喝過一杯紅酒。

不過，我要在此冒昧地違背這種俗套，明明白白地告訴你們：這頓午餐一上來就是盛在深盤裡的龍利魚，學院的廚師在上頭澆覆了一層雪白的奶油，零星露出些魚身的褐色，宛如雌鹿兩側的斑點。隨後的一道菜是鷓鴣，但你們千萬別以為那只是一對毫無裝飾的棕褐色小雞。這道鷓鴣肉非常豐盛，搭配了各種蘸醬和沙拉，有辛辣的，有香甜的，各自井然排列；配菜裡的馬鈴薯片薄如錢幣，但沒那麼硬；嫩嫩的小菜心像玫瑰花苞，但要更多汁、更美味。烤鷓鴣和配菜剛剛用完，靜候一旁的侍者——也許就是剛才那位學監，只不過換上了和顏悅色的姿態——就端上了甜品：用白餐巾圍繞著的糕點，糖霜如海浪翻捲。若稱其為布丁，會讓人誤以為它只是米和薯粉的混合物，那就未免委屈它了。

這一餐當中，酒杯時而泛起金黃色，時而泛出酒紅色；時而被添滿，時而被飲空。就這樣，一點一點的，我們的靈魂所在之地——脊背的中央——燃起了一團火焰，不是那種生硬刺眼的電光——那只是我們談吐時的唇舌間閃現的智慧靈光，而是在理性交匯時閃現的更深邃、更微妙、更幽明的濃金色光輝。

不必匆忙。不必火花四濺。不必成為別人，只需做自己。我們都會升入天堂，范戴克[13]也會與我們為伴——換句話說，只要現在點上一支好菸，靠在窗邊的軟墊上，生活就會看似美好，回報何其甘甜，所抱怨的這個、哀怨的那個是多麼微不足道，坐擁志同道合的夥伴又是多麼值得讚美。

要是運氣好，手邊正巧擱著菸灰缸，就不必把菸灰彈出窗外；要是事實與此稍有不同，我大概就不會看到窗外的物事，譬如說：一隻沒有尾巴的貓。

這隻闖進我的視野、短了一截的小東西輕柔地穿過四方庭院，這景象無意間觸動了潛意識裡的認知，瞬間改變了我的心境。感覺像是有人放下了遮光簾。也許，讓人心醉神迷的酒力正在慢慢消解。顯然，那是若有所失的感覺，有些東西不一樣了，我看著那隻曼島貓停在草坪的中央，好像牠也在質問天地。但缺失的是什麼？不一樣的又是什麼？我一邊聽著旁人的交談，一邊默默自問。

為了回答這個問題，我不得不假想自己出離這個房間，回到過去，確切地說是回到戰前，假想自己置身於另一場在距此不遠的幾間屋子裡進行的、與此不同的午餐宴會，所有細節都與當下的不同。

我在想像時，賓客們正談得盡興，大部分人都很年輕，有女士，也有男士；他們談得很暢快，很投機，輕鬆又風趣。

我繼續假想，把這場聊天置於過去那場午餐閒聊的背景，彼此對照，我便毫不懷疑：這場就是那場的延續，堪稱其合法的繼承人。沒有改變，沒有不同，只不過我在這裡豎起耳朵，聽到的不只是他們在說什麼，還能聽出交談之外的低語，或者說是氣韻。沒錯，就是這個——不同之處。

戰前，人們在這樣的午餐會上聊的話題和當下的毫無二致，但聽起來會有所不同，因為在那時候，人們的談話會伴隨著一種低沉的韻律，不太清晰，但樂音起伏，令人激動，因此改變了言談本身的價值。

能為那些低吟般的語調配上文詞嗎？也許要有詩人助力。在我身旁放著一本書，我信手翻開就是丁尼生[14]的詩。我覺得他就是在吟唱：

一滴璀璨的淚珠落下
自門前怒放的西番蓮。
她來了，我的親愛，我的愛人；
她來了，我的生命，我的命定；
紅玫瑰在高喊，「她來了，她來了」；
白玫瑰在啜泣，「她來遲了」；

飛燕草在傾聽，「我聽到了，聽到了」；
而百合在低語，「我等。」

這是男士們在戰前的午餐宴席上所吟唱的嗎？女士們呢？

我的心如歌唱的鳥兒
巢棲溪畔的枝頭；
我的心如蘋果樹
累累果實壓彎了枝條；
我的心如七彩的貝殼
浮沉在平靜的海水中；
我心中的喜悅勝過這所有一切
因為我的愛人正走近我的身邊。

這是女士們在戰前的午餐宴席上所吟唱的嗎？

想到人們沉吟著這樣的字句，甚至是在戰前的午餐席間壓低了聲音念誦，實在覺得很滑稽，我忍不住笑出聲來，還不得不指向草坪上的曼島貓，假裝是被牠逗樂的；那可憐的小東西沒有尾巴，看起來確實有點荒誕。牠是天生如此，還是在意外中失去了尾巴？雖然，據說曼島上是有天生無尾的貓，但為數甚少，遠不如大家以為的那麼多。那是一種奇特的動物，與其說牠美，倒不如說是古怪。

就一條尾巴，有和沒有感覺截然不同，真是好奇怪啊——你們也知道，這類閒話通常是午餐曲終人散、大家取衣戴帽時會說的。

多謝東道主的盛情款待，這頓午餐一直吃到將近黃昏才散。美豔的十月天已西沉漸暮，我走在林蔭道上，秋葉紛紛落下。一扇又一扇大門似乎帶著溫柔的決絕在我身後關閉。數不清的學監將數不清的鑰匙塞進油潤的鎖眼裡，寶庫又將妥善無虞地安度一夜。

林蔭道盡頭有一條街——我忘記街名了——只要你沒有轉錯方向，沿著此路就能直通芬漢姆學院。不過，時間尚早。七點半後才會開始晚餐。其實，享用過那樣一頓午餐後，不吃晚餐也沒問題。

奇怪的是，那幾句詩在腦海中縈繞不去，腿腳也隨其韻律而律動——

一滴璀璨的淚珠落下
自門前怒放的西番蓮。
她來了，我的親愛，我的愛人。

詩句在我的血脈中歌唱著，我快步朝著海丁利[15]走。就在水花激濺在堤堰的地方，我的步履又換了另一種節奏：

我的心如歌唱的鳥兒
巢棲溪畔的枝頭；
我的心如蘋果樹

……

偉大的詩人！我放聲呼喊，就像人們會在暮色中呼喊。他們是多麼偉大的詩人啊！

把我們這個時代和過去對照比較，未免是有點荒謬、愚蠢的比法，但相形之下，我還是陡生某種妒羨之情；繼而又開始思忖，平心而論，誰能說出兩位在世詩人堪比當年那樣卓越的丁尼生和克莉斯緹娜・羅塞蒂[16]？

顯然是不可能的，我凝望著泛著泡沫的河水，想到無人能與他們媲美。那時的詩歌可以讓人心悅誠服，原因就在於它歌頌了那時的人們曾有的情感（也許就是在戰前的午餐宴席上），所以，人們才能輕而易舉地產生共鳴，感同身受，不必費神去揣度那種情緒，也不用與我們當下會有的任何情緒相對照。而如今的詩人們表達的是由我們在當下生發、又被我們當下剝離的情感。

人們很難一眼就認清，還時常出於某些原因害怕面對這種情感的真相；人們會熱切地關注，嫉妒而猶疑地將其與自己熟悉的往日情懷相對照。所以，現代詩難懂，也因為這種難懂，不管是哪位優秀的現代詩人的傑作，人們也頂多只能記住兩行。也是因為這一點——我也記不住更多詩句——我的觀點因為缺乏實例而顯得乏善可陳。

我繼續朝海丁利走去，卻依然在自問：為什麼我們的午餐宴席中不再有人低吟淺頌呢？為什麼阿爾弗雷德不再吟唱：

> 她來了，我的親愛，我的愛人；

為什麼克莉斯緹娜不再應和：

> 我心中的喜悅勝過這所有一切
> 因為我的愛人正走近我的身邊。

我們該把這歸咎於戰爭嗎？一九一四年八月的槍聲響起時，在男人和女人的眼中，彼此的面容是否明明白白地寫著：浪漫已被扼殺？在炮火中看到統治者們的嘴臉，確實令人震驚（女人們尤其是，因為她們對接受教育及其他始終保有幻想）。那些嘴臉太醜惡了——德國人、英國人、法國人——愚蠢至極。

但是，無論歸咎於何時何地何人，那曾燃起丁尼生和克莉斯緹娜·羅塞蒂的激情，為愛人的到來忘情歌唱的美妙遐想，現已所剩無幾，和過去相比少太多了。我們只能去閱讀，去觀察，去傾聽，去回憶。

那麼，為什麼要說「歸咎」呢？如果那遐想本是幻覺，為何不索性去讚許那場浩劫——且不管該給它定什麼名稱——破滅了幻象，取而代之以真相？因為真相……這些省略號標注的是某個位置，我就是在那裡因探尋真相而錯過了通往芬漢姆的岔道。

是的，沒錯，我不斷自問：究竟何為真相，何為幻象？譬如說，這些人家最真實的一面是什麼呢？是此刻暮色中紅彤彤的窗扉，泛著朦朧又喜慶的光暈？還是清晨九點鐘散了一地的糖果和鞋帶，在鮮紅的朝陽中透露出的粗糙和邋遢？還有那一排排柳樹、河流和河畔的花園，此刻隱現在夜霧的籠罩中，但若豔陽普照，又將是一片金紅燦爛。那該如何界定它們的真相和幻象？

我就此略過糾結輾轉的千頭萬緒，省得讓你們傷腦筋。反正，在走到海丁利的那一路上，我並沒能得出什麼結論，只想請各位假想一下：我很快發現自己走錯路了，這才掉頭，重新走上通向芬漢姆的道路。

恰如之前所說，那是十月裡的一天，我可不敢貿然更改時節，去描繪懸垂在花園牆頭的丁香花、番紅花、鬱金香及其他春天才有的花卉，以免辱沒了妳們對我的尊敬，以及小說的好名聲。小說必須忠於現實，愈是真實，小說就愈好——我們聽到的都是這種說法。

因此，此時仍是秋天，樹葉也仍然枯黃飄落，要說有什麼不同，那只能是比先前凋落得更快了，因為現在已入夜（確切地說是七點二十三分），還起了微風（確切地說是西南風）。但總還有些不平凡的事情在進行中：

我的心如歌唱的鳥兒
巢棲溪畔的枝頭；
我的心如蘋果樹
累累果實壓彎了枝條……

這種虛妄的幻景宛如浮現在眼前，克莉斯緹娜·羅塞蒂的詩可能要為此負一部分責任；這顯然是徹底的幻象——丁香在花園的牆頭搖曳，黃粉蝶翩翩然地飛來飛去，花粉飄揚在空中。不知從哪裡來的一陣風吹拂嫩葉，銀灰色閃動。那是日光與夜色交接的時刻，各種顏色兀自沉鬱，玻璃窗上的深紫和赤金濃墨重彩，像一顆難抑雀躍的心興奮跳動。

一時間，說不清道不明的，塵世之美盡然顯現，卻又倏忽幻滅（此時我推開花園的大門徑直走了進去，就因為有人粗心大意，沒有關門，而學監也不在附近）；即將幻滅的塵世之美好比雙刃，一邊是笑聲，另一邊是悲苦，利刃劃過，心碎無數。

在我眼前，芬漢姆學院的花園沐浴在春天的暮光裡，野趣橫生，空曠開闊，高高的芒草間點綴著自由自在生發的黃水仙和藍鈴花，也許，即便在最美的花期裡它們也是紛亂無序的，更何況現在秋風四起，它們拽著根莖肆意搖曳。學院大樓上的窗戶錯落有致，宛如船窗，浮沉在起起伏伏的紅磚間，春天的雲朵輕快地掠過，在窗上投下時而鮮黃嬌嫩、時而銀光閃閃的光影。

有人躺在吊床裡，還有人在草叢中飛奔——沒有人去攔下她嗎？如此的光影中，她們也如幻影，像是憑空猜想的，也像親眼見到的；還有人在露臺上，像是出來呼吸新鮮空氣，探出身子俯瞰花園，那身影傾身向前，令人敬畏卻也謙卑，她有著飽滿的前額，穿著破舊的衣裙——會是那位鼎鼎大名的學者嗎？會是哈里森[17]本人嗎？

一切都很黯淡，卻又那麼強烈，好像黃昏為花園籠上的薄紗已被星光或利劍劃成了碎片——可怕的現實從春天的心窩裡一躍而出，閃出一道寒光，因為青春——

我的湯來了。晚餐設在寬敞的大餐廳裡。其實，還是十月的夜晚，根本不是春天。大家集聚在大餐廳裡。晚餐已經準備好了。

湯端上來了。普普通通的肉湯。湯裡沒有任何撩動遐想的東西，清可見底，盤底若有花紋，多半也能看得一清二楚。但盤子裡並沒有花紋。盤子是素色的。接著端上來的是牛肉配青菜馬鈴薯——最家常的菜式，讓人聯想到泥濘的菜場，牛的後臀肉，菜心的枯黃色蔫葉邊，提著編織袋的女人們在週一的大清早和攤主討價還價。我沒有理由抱怨飲食，因為三餐不愁，分量充足，再說了，煤礦工人吃的遠不如這些。

梅乾和蛋奶凍也上來了。若是有人抱怨，哪怕有蛋奶凍來潤軟，梅子也還是拿不出手的菜（甚至算不上水果）：纖維太多，像守財奴乾巴巴的心，汁液卻太少，像流淌在一輩子都捨不得吃飽、喝足、穿暖，更捨不得去施捨窮人的守財奴身體裡的血，那麼，這個人也該想到，還有些人慈悲為懷，即使只是梅乾，也能笑納。接著端上來的是餅乾和乳酪，這時候，大家頻繁地把水罐傳來傳去，因為餅乾本來就很乾，而這些餅乾是乾硬到骨子裡去了。

餐點全部上完了。晚餐到此結束。每個人都把椅子吱吱嘎嘎地從桌旁推開，彈簧門砰砰地開開關關，大餐廳被收拾一空，一丁點吃食的影子都沒有了，毫無疑問已準備就緒——就等著明天的早餐了。

樓下的走廊裡、樓上的樓梯上，到處都能看到英國青年們打打鬧鬧，隨興歌唱。而一位客人，一個外人（我在芬漢姆學院也好，在三一學院、薩默維爾、格頓、紐納姆或是基督堂學院也好，都沒有學生的資格）難道可以直言「晚餐不夠好」或是問一句「我們不能在這裡單獨用餐嗎？」（我和瑪麗．西頓已回到了她的客廳裡），其實在外人看來，這裡明明是歡聲笑語，生機勃勃，要是我說出那種話，豈不像是在暗中猜度這裡的家底？不行，這樣的話是說不出口的。

坦白說，一時間連交談都有點意興闌珊了。人體結構天生如此，身、心、腦渾然一體，無法分裝於分割明晰的部位，毫無疑問，再過百萬年也依然如此，所以，美餐對交談至關重要。人只要吃不好，就不能好好思考、好好戀愛、好好睡覺；若是吃不好，決然辦不到。心胸深處的那盞明燈不是靠牛肉和梅乾點亮的。我們或許都能升上天堂，也希望范戴克就在下個街角等候我們——

這就是一日辛勞後，牛肉和梅乾滋養出來的有所限制的、沒有把握的心智狀態。

幸好，我這位教科學的朋友在櫥櫃裡擱了一小樽酒和幾只小酒杯（但本該有龍利魚和鷓鴣相配才好啊），我們才得以圍坐爐火，彌補這一天下來的些許折損。不到兩分鐘，我們的話匣子便打開了，獨自一人時，腦子裡難免胡思亂想，遇到久別重逢的朋友，自然會盡情閒聊那些感興趣的事——怎麼有人結了婚，另一個卻還沒；有人這麼想，還有人那麼想；有人見多識廣，飛黃騰達，還有人卻每況愈下，令人咋舌；凡此種種，一旦開聊，就難免議論人性，評說我們所處的世道。

就在如此閒聊時，我暗自羞愧地發現自己心不在焉，任由話題自生自滅。別人可能在談西班牙或葡萄牙、書籍或賽馬，但真正的趣味並不在這些話題本身，而落在五百年前的泥瓦匠們在高聳的屋頂上忙碌的畫面上。王公貴族帶來大袋大袋的錢財，傾倒在土地上；這情景總會生動地浮現在我心頭，而與之並列的是：皮包骨頭的母牛、泥濘的菜場、枯黃的青菜、乾巴巴的老人心臟。這兩幅畫面，既不相關也無聯繫，看似荒誕得毫無意義，卻總是同時出現，競相對照，令我無可奈何，只得聽之任之。除非徹底扭轉話鋒，否則，最好的做法莫過於直抒胸臆，要是運氣好，我披露的想法就會像先王的頭骨，在溫莎古堡的皇家棺墓被打開時，瞬間褪色並粉碎。

於是，我三言兩語地對西頓小姐描述了泥瓦匠們多年來在小教堂的屋頂勞作，國王、王后和王公貴族們將整袋整袋的金幣銀幣扛在肩上，鏟翻泥地，傾倒入土；繼而，根據我的猜想，我們這個時代的金融大亨再把支票和債券投進了前人曾經藏金埋銀的地方。

我說，那些財富都在那幾所學院的地底下；不過，我們所在的這所學院呢？在華麗的紅磚牆下、花園中未經修刈的野草下，又埋藏著什麼呢？在我們餐桌上那些素樸至極的瓷盤背後，還有（沒等我住嘴，就已脫口而出了）那些牛肉、蛋奶凍、梅乾的背後，又蘊藏著什麼樣的力量呢？

喔，瑪麗．西頓說，那是在一八六〇年前後吧——噢！這事妳也是知道的，她有點厭倦地說道。我猜想，是因為講了太多次了。

但她又對我講了一遍——房間早先是用租的，委員會召開了，寫好地址的幾封信發出去了，公告起草好了；會議一場接一場，一封封信被宣讀，某某人承諾了捐贈數目；相反，也有某位先生一分錢都不肯出；《星期六評論》出言不遜。我們去哪裡籌筆錢來租辦公室？要不要辦場義賣？不能找個漂亮女生來撐門面嗎？讓我們看看約翰・斯圖亞特・密爾[18]對這事有何高見。有沒有人能說服某報的編輯刊出我們的公開信？能不能找到某夫人，為這封信簽個名？某夫人恰好出城了。六十年前，事情就是這樣辦成的，千辛萬苦，耗費了不少時間。經過了長期努力，費盡周折，才最終籌到了三萬英鎊*。

顯而易見，她說，我們供不起美酒和鷓鴣，雇不起頭頂托盤的男僕，也沒有沙發和單獨的房間。「安逸舒適，」她引述了某本書上的一句話，「只能等日後再說了。」**

我想到那些女人年復一年辛勤勞作，要湊齊兩千英鎊都很難，最終卻竭盡所能地籌來了三萬英鎊，實在忍不住蔑視我們女性群體的貧困，這是理應被譴責的狀況。我們的母親都做什麼去了，為什麼沒給我們留下一筆錢？忙著塗脂抹粉嗎？盯著商店的櫥窗嗎？在蒙地卡羅的豔陽下招搖擺闊？

壁爐臺上擺著幾張照片，瑪麗的媽媽——假定照片中的人就是她——或許會在閒暇時揮霍享樂（她為教會牧師生了十三個孩子），倘若真是這樣，那些享樂的日子並沒有在她臉上留下多少驕奢歡愉的痕跡。她看上去平淡無奇，只是個披著格子披肩、別著雕花大胸針的老太太。她坐在籐椅裡，逗著一條長耳獵犬看向鏡頭，表情喜悅，也有點緊張，因為她知道，快門按下去的時候，獵犬肯定會動成模糊的一團。

原著注

*「我們聽說，應該至少要有三萬英鎊……這根本算不上大數目，一來考慮到整個大不列顛、愛爾蘭以及各殖民地只有一所這樣的院校，二來要想到，任何一所男子學校都能輕而易舉地籌到鉅款。但再考慮到只有極少數人真心希望女性接受教育，這個數目其實算很大了。」——史蒂芬夫人，《艾蜜莉・戴維斯小姐生平與格頓學院》（*Emily Davies and Girton College*）。

**「能刮來的每一分錢都拿去蓋樓了，安逸舒適，只能等日後再說了。」——R・斯特里奇，《事業》（*The Cause*）。

如果她當初投身實業，開辦人造絲工廠，或是從商，成為玩轉證券市場的富豪；如果她能為芬漢姆學院留下二、三十萬英鎊，我們今晚就會何等安逸啊，話題也將是考古學、植物學、人類學、物理學，探討原子、數學、天文、相對論或地理學的奧妙。

要是西頓夫人和她的母親，以及她母親的母親，都學會賺錢這門偉大的藝術，並像她們的父親與祖父們先前做的那樣，把她們的財富留下來，專為女性同胞們設立研究員和講師職位、設立獎金和獎學金，那該多好啊！我們就可以在這裡單獨享用一頓像樣的珍禽和美酒，也可以用算不上奢望的自信，去憧憬愉快而體面的一生，在某個慷慨捐贈的職位裡盡享蔭庇。我們可以去探險，也可以寫作，在古蹟和勝地信步遊蕩，坐在帕德嫩神廟的階梯上沉思，也可以早上十點準時去辦公室，下午四點半悠閒地回家，寫一首小詩。

只不過——麻煩就在這裡——如果西頓太太們從十五歲起就經商或從事實業，那就不會有瑪麗了。我問瑪麗對此有何看法。

窗簾的縫隙間，透露出十月的夜色，靜謐而美妙。漸漸枯黃的樹木間，隱約閃現一兩顆星星。為了讓某人大筆一揮，遂令芬漢姆學院贏得大約五萬英鎊的捐贈，她會甘願捨棄眼前的良辰美景嗎？甘願抹去她的豐饒回憶（雖然人數眾多，但那是非常幸福的一大家人）——少時在蘇格蘭的嬉戲和吵鬧，以及讓她讚不絕口的蘇格蘭的清新空氣、美味糕點嗎？因為，要給一所學院捐資，就勢必無法組建大家庭了。

既要賺大錢，又要生養十三個孩子——沒有任何人能兼顧這兩者。

我們要說的是，應該好好思索一些事實。首先，十月懷胎才能生下孩子。其次，孩子出世後，需要三到四個月的哺乳。哺乳期過後，又要花上大約五年的時間陪伴孩子。總不見得放任孩子們滿街亂跑。有人在俄國見過孩子們四處亂奔，回來就跟我們說，那場面一點也不討人愛。

人們還說，人的心性是在一歲到五歲之間養成的。我問道，如果西頓太太一直忙於賺錢，妳記憶中的嬉戲和吵鬧會變成什麼樣子？妳所知的蘇格蘭又會是什麼樣的？還會有清新的空氣、美味的糕點和別的美妙之處嗎？

不過，問了也白問，因為在那樣假設的前提下，妳根本不可能被生下來。

更何況，就算西頓太太和她的母親，以及她母親的母親積攢了大量財富，全部投入學院和圖書館的地基之下，我們這樣追問也仍是白問。因為，首先，她們不可能賺到錢；其次，即便她們賺到了錢，法律也不承認她們有權利把自己賺來的錢歸為己有。只是在最近的四十八年裡，西頓太太才能保有屬於自己的一便士。在此之前的千百年裡，那始終是屬於她丈夫的財產——也許正是因為這一點，西頓夫人和她的母親，以及她母親的母親，一直都在證券交易所門外裹足不前；她們可能會說，我賺到的每一分錢都被拿走，任由丈夫處置，錢怎麼花，全憑他們見仁見智，也許就拿去給貝利奧爾學院或國王學院設了個獎學金，或是添個研究員的職位；所以，就算我可以去賺錢，我也沒什麼興趣；還是讓我的丈夫去賺吧。

無論如何，不管該不該歸咎於那位盯著獵犬看的老太太，也不管出於何種原因，我們的母輩都無疑把自己的事情搞砸了。沒有錢可挪用於「安逸舒適」：用在鷓鴣和美酒、學監、草坪、書籍、雪茄、圖書館和閒暇專案。能在這片荒蕪之地建起徒有四壁的院牆，她們已經盡了最大的努力。

我們倚在窗邊交談，和千千萬萬人在夜裡一樣，俯瞰這座名城裡的穹頂和塔樓。在深秋的月色下，那是非常美麗又極其神祕的景象。年代久遠的老石牆潔白而莊嚴。

人們會想到收藏在其中的萬卷書籍；懸掛在雕花飾板房間裡的老主教和名人們的畫像；在走道上投下或滿圓或新月形奇妙斑影的彩色玻璃窗；噴泉和青草；能望見四方庭院的安靜的房間。

我還想到了（請原諒我），宜人的輕菸、美酒、深深的扶手椅和悅人眼目的地毯；想到了斯文、從容、尊嚴，皆源自奢華、清淨、有餘裕的空間。

當然，母親們沒有為我們提供任何與之媲美的安逸選項，畢竟，她們連三萬英鎊都要辛苦籌措，她們是為聖安德魯斯教會的教士們生十三個孩子的母親們。

我就此告辭，返回下榻的小旅店。

走過幽暗的街巷時，我像忙碌工作了一整天的人那樣，左思右想。我在想，為什麼西頓夫人沒錢留給我們？我想到貧窮會給心智帶來什麼影響？還想到上午見到的那些裹著毛皮披肩的古怪老先生；又想起某位老先生一聽到有人吹口哨就會拔腿飛奔；再想起小教堂裡響起的管風琴聲，以及，圖書館緊閉的大門，再想起被拒之門外是何等不悅；但轉念一想，說不定，被關在那扇門內會更難愉悅起來；我想到一種性別群體享有的安逸與富饒，以及，另一種性別群體忍受的貧窮和不安全感；再想到，有沒有傳統觀念對一名作家的心智會產生怎樣的影響。

想到最後，我覺得是時候把這一天裡的種種思辨、印象、憤怒與歡笑統統清空了，就像扔掉一只揉皺的紙團，一股腦兒地丟到籬笆牆裡去。

寂寥的深藍夜空中，群星閃耀。面對如此不可思議的世界時，似乎只能是孤寂一人。所有人都在沉睡——俯臥的，仰臥的，無聲無息的。

牛橋的街巷裡空無人影。就連旅店的門扉也悄然開啟，如同被一隻看不見的手推開了；沒有一個雜役為了等我而起身點燈，照亮我回房的路，真的太晚了。

## 譯者注

1. 芬妮・伯尼（Fanny Burney, 1752-1840），英國女作家。代表作：長篇小說《伊夫萊娜》（*Evelina*）、《卡蜜拉》（*Camilla*）。

2. 珍・奧斯汀（Jane Austen, 1775-1817），英國女作家。代表作：小說《理智與情感》（*Sense and Sensibility*）、《傲慢與偏見》（*Pride and Prejudice*）、《艾瑪》（*Emma*）。

3. 勃朗特三姊妹（The Brontës），即：夏綠蒂、艾蜜莉和安妮。代表作分別是《簡愛》（*Jane Eyre*）、《咆哮山莊》（*Wuthering Heighs*）和《艾格妮絲・格雷》（*Agnes Grey*）。父親是英國北部約克郡海沃斯地區的牧師，所以她們的家宅就叫海沃斯牧師家（Haworth Parsonage），現為勃朗特故居博物館。

4. 瑪麗・拉塞爾・米特福德（Miss Mitford, 1787-1855，全名 Mary Russell Mitford），英國女劇作家、詩人、散文作家。代表作：散文集《我們的村莊》（*Our Village*）。

5. 喬治・艾略特（George Eliot, 1819-1880，本名 Mary Anne Evans），英國女作家。代表作：《米德鎮的春天》（*Middlemarch*，米德爾馬契）、《佛羅斯河畔上的磨坊》（*The Mill on the Floss*）等。

6. 伊莉莎白・蓋斯凱爾（Mrs Gaskell, 1810-1865，全名 Elizabeth Cleghorn Gaskell），英國小說家。代表作：《瑪麗・巴頓》（*Mary Barton*）等。

7. 原文 Oxbridge，這顯然是牛津（Oxford）與劍橋（Cambridge）的合併，是吳爾芙對當時高等院校的戲謔稱呼。

8. 查爾斯・蘭姆（Charles Lamb, 1779-1848），英國隨筆作家、詩人。代表作：《伊利亞隨筆集》（*Essays of Elia*）。這裡提及的散文指的是蘭姆發表於一八二〇年的〈牛津假期〉（Oxford in Vacation）。

9. 威廉・薩克萊（William Makepeace Thackeray, 1811-1863），英國作家。代表作：《浮華世界》（*Vanity Fair*）、《亨利・艾斯蒙》（*Esmond*）等。

10. 麥克斯・畢爾邦（Max Beerbohm, 1872-1956），英國漫畫家、散文作家、詩人。

11. 約翰・米爾頓（John Milton, 1608-1674），英國最著名的詩人之一，政論家。代表作：長詩《失樂園》（*Paradise Lost*）、《復樂園》（*Paradise Regained*）、《鬥士參孫》（*Samson Agonistes*）等。下文中的〈利西達

斯〉（Lycidas）是米爾頓悼念亡友所著的哀歌，手稿現存於劍橋大學三一學院。

12. 河岸街（Strand），倫敦西敏市的一條街道，自十二世紀以來就很繁華，聚集了很多老派餐廳、豪華酒店、私人銀行、歌劇院等地標性場所。

13. 范戴克（Anthony van Dyck, 1599-1641），比利時畫家，師從魯本斯，被譽為「法蘭德斯巴洛克藝術三傑」之一，英王查理一世時任宮廷首席畫家。

14. 阿爾弗雷德·丁尼生（Alfred Lord Tennyson, 1809-1892），英國維多利亞時代的桂冠詩人。代表作：《悼念》（*In Memoriam*）等。

15. 海丁利（Headingley），地名，位於英國西約克郡利茲市。

16. 克莉斯緹娜·羅塞蒂（Christina Georgina Rossetti, 1830-1894），英國女詩人。代表作：《精靈市集》（*Goblin Market*）等。

17. 珍·哈里森（Jane Harrison, 1850-1928），英國著名女學者，涉獵古典學、考古學、人類學等多種領域，是劍橋學派「神話—儀式」學說的創立者，也是現代女權主義學術奠基人之一。

18. 約翰·斯圖亞特·密爾（John Stuart Mill, 1806-1873），英國哲學家、經濟學家。代表作：《論自由》（*On Liberty*）。

# 02

請繼續隨我來，現在已經換了新場景。

依然是落葉時節，但已在倫敦，不再是牛橋了；我請求妳們務必發揮想像力，想像出一個和千萬個房間類似的房間。

屋裡有窗，掠過行人的帽子、貨車與小汽車，可以望到對面房屋的窗戶；屋裡有桌子，桌上放著一張白紙，上面寫了幾個大字：**女性與小說**，但沒有下文。

遺憾的是，經歷過牛橋的午宴和晚餐後，似乎不可避免地要去一趟大英博物館了。只有濾除這些印象中的個人情緒和偶然機率，才能得到純粹的真相，就像提煉精油那樣。因為，牛橋之旅連同午宴和晚餐引生出了許多疑問。

為什麼男性飲酒，女性喝水？

為什麼一個性別群體享盡榮華富貴，另一個群體卻如此貧窮？

貧窮對於小說有何影響？從事藝術創作必需哪些條件？

成百上千的問題湧現出來。但我們需要的是答案，而非問題。

要想得到答案，只能去請教不帶偏見的飽學之士：他們早就不逞口舌之爭、不為肉身所擾，並將自己研究、演繹得出的論斷著述成籍，最終被收藏在大英博物館裡。

倘若大英博物館的書架上也找不到真理，我不禁要問：那還能去哪裡找呢？

我這樣想著，帶上了筆記本和一枝鉛筆。

就這樣，我準備就緒，帶著自信和好奇，踏上了探求真理的道路。

天雖沒下雨，但很陰沉，博物館附近的街巷中隨處可見堆煤的地下室洞口大開，一麻袋一麻袋的煤被傾倒下去；四輪馬車駛來，停在人行道邊，卸下一只捆好的箱子，裡面應該是某些瑞士人或義大利人一大家子的衣裝，指望這個冬天能在布魯姆斯伯里區的寄宿公寓裡棲身，找到糊口之事，求到財運，或是覓到別的有利可圖的工作。一如往常，嗓音粗啞的叫賣推著小車，沿街叫賣花草盆栽。有人大聲吆喝，有人唱腔十足。

倫敦就像一個大工廠。倫敦就像一架織車，我們都像來來回回的梭子，在空白的底色上織出某些圖案。大英博物館就像工廠裡的另一個車間。推開幾扇彈簧門，就能站在那恢宏穹頂之下；儼如一個念頭，置身於寬廣飽滿的前額，圈住這額頭的髮帶上還輝顯著諸多顯赫的姓氏。

走向借閱臺，拿起一張卡片，打開一冊書目，然後……這五個點分別代表了我發呆、迷茫、慌張的那五分鐘。

妳們知不知道，一年之中，有多少關於女性的書被寫出來？妳們又知不知道，這其中有多少是出自男性的手筆？妳們知道嗎，自己很可能是全宇宙被人談論最多的生物？

我自備紙筆來到這裡，本以為讀個一上午，就能把真理轉錄到筆記本上了。但現在我想的是：我得有一群大象和一窩蜘蛛的本領，才能完成這件事，因為眾所周知，大象活得夠久，蜘蛛的眼目夠多。另外，我還需要鐵爪和鋼牙，才能鑿開這厚厚的堅殼。卷帙浩繁，堆積如山，我怎麼可能找到深埋其中的真理之核？

在默默的自問中，我開始絕望地上下瀏覽那長長的書名列表。單單是書名，就給了我思索的動力。性別及其本質，想必會引發醫生和生物學家的興趣；但令人吃驚且無法解釋的是，性別——確切地說，就是女性——也吸引了好些討人喜歡的散文家、妙筆生花的小說家、拿到文學碩士學位的年輕人，還有一些不學無術的男人：除了不是女人外，別無過人之處。

乍看之下，有幾本實在讓人覺得輕佻浮誇，故作幽默；也有一些書態度嚴謹，有先見之明，寓意深遠，有勸勉諫誡之意。光是看看書名，就能聯想到數不清的男性教師、男性教士，登上他們的講臺或講壇，口若懸河地就此話題做長篇大論，遠遠超出為這個主題通常預設的規定時間。

這種現象最為古怪，很顯然——這時候，我已在檢閱字母M那一欄下的書目——也僅限於男性。
女人不寫有關男人的書——這實在讓我長舒一口氣，如果要我在動筆前先把所有男人寫女人的書讀上一遍，再通讀女人寫男人的書，那一百年開一次花的龍舌蘭恐怕都得花開二度了。
所以，我隨便選了十來本書，把寫好書名的借閱卡放進了鐵絲盤裡，如同其他來此尋求純粹真理的人一樣，回到我的座位等待圖書館職員把書送來。我真覺得納悶，到底是出於什麼原因，才會有如此奇特的懸殊？我思忖著，同時在英國納稅人提供、本該用作他途的借閱卡紙上隨手畫起了圓圈。
從這份書單上來看，為何男人對女人的興趣遠大於女人對男人的？這好像是個非常古怪、引人深思的事實。我開始浮想聯翩，想像那些花了不少時間著書論述女性的男人們到底過著怎樣的生活；他們是年事已高，還是年少輕狂？已婚還是未婚？有酒糟鼻還是駝背？——不管怎樣，能成為大家關注的對象，多少都會讓人飄飄然，只要關注自己的人別都是老弱病殘就好——我就這樣沉浸在可笑的胡思亂想中，直到一大疊書如雪崩般傾倒在我面前的書桌上。

好了，麻煩來了。

在牛橋受過訓練、習得研究方法的學生無疑懂得理順頭緒，就像把羊隻全部轟進羊圈那樣，釐清問題，直奔答案。就像我身旁那位埋頭抄錄科學手冊的學生，我敢肯定，他每隔十幾分鐘就能從字海文礦中淘出真金。他不時發出滿意的咕噥聲，無疑就是明證。

然而，若不幸未曾在大學裡受過這等訓練，那問題的答案恐怕就不會像羊群乖乖入圈，而如同被一群獵犬追逐，東奔西跑，四散而逃。教授、教師、社會學家、牧師、小說家、散文家、新聞記者，還有那些除了不是女人外就別無過人之處的男作者們蜂擁而上，狂追不捨，活生生把我那唯一又單純的問題——女人為何貧窮？——分散成了五十個小問題；繼而，五十個問題如羊群在驚惶中一齊狂墜激流，不知被沖向何處。

筆記本上的每一頁都有我匆匆寫下的筆記。為了展現當時的所思所想，我會擇選一些讀給你們聽，這一頁的標題用寥寥幾個粗體字寫著：

## 女性與貧窮

但標題下的字句大致如下：

中世紀女性的狀況

斐濟群島的女性習俗

作為女神被膜拜的女性

女性的道德意識較為薄弱

女性的理想主義

女性更有盡責盡力的自覺意識

南太平洋諸島，女性的青春期

女性的魅力

被當作獻祭品的女性

女性的腦容量小

女性的潛意識更深奧

女性的體毛更少

女性的心智、道德和體能遜於男性

女性對兒童的愛

女性更長壽

女性的肌肉有欠發達

女性的情感力量

女性的虛榮

女性的高等教育

莎士比亞論女性

伯肯海德爵士[1]論女性

英格教長[2]論女性

拉布魯耶[3]論女性

詹森博士[4]論女性

奧斯卡・勃朗寧[5]先生論女性……

當時，我寫到這裡忍不住深吸一口氣，還在空白的頁緣添了一筆：為什麼塞繆爾．巴特勒[6]說「聰明的男人絕口不提對女人的看法」？但聰明的男人顯然也不談別的話題。

我繼續思索，一邊向後靠在椅背上，仰望恢宏的穹頂，一個念頭已擴張為一團亂緒；可是，令人遺憾的是，在女人這一點上，聰明的男人們歷來都沒有一致的觀點。波普[7]這樣說：

女人大都沒有個性。

拉布魯耶卻這樣說：

女人愛走極端，不是比男人好，就是比男人壞。

同時代的明眼人卻得出針鋒相對的結論。

女人有沒有能力接受教育？拿破崙認為她們沒有；詹森博士正好相反＊。她們有沒有靈魂？有些野蠻人說她們沒有；另一些人正好相反，還認為女人的一半是神，因此膜拜她們＊＊。有些哲人認為她們頭腦淺薄，另一些卻認為她們的感知力更深奧。歌德稱頌她們，墨索里尼鄙視她們。

但凡讀到男人談及女人之處，他們的想法都各不相同。我想明白了，要從中理出頭緒來是不可能的事，我不無妒羨地瞥一眼近旁的讀者，他的筆記摘錄井井有條，還時常以A、B、C為順序標示，而我的筆記本上呢，東一句西一句，塗鴉般凌亂記下的盡是些相互矛盾的論點。這實在讓人懊惱，讓人心煩意亂，讓人汗顏。真理從我的指縫間溜走了，一點一滴都沒剩。

想來想去，我總不見得就這樣回家去，以為煞有介事地添上一筆——諸如：女人的體毛比男人的少；或是南太平洋諸島上的女性青春期始於九歲，還是九十歲？連筆跡都潦草到難以辨認了——就算為「女性與小說」這項研究添磚加瓦了。忙了整整一上午，要是拿不出什麼更有分量、讓人欽佩的成績，豈不是很丟人。

如果我無法把握W（以下我將以此簡稱「女性」）的真相，那何必自找麻煩去擔憂女性的未來？現在看來，向那些紳士們求教純粹是浪費時間，即使他們專門研究女性及女性帶給政治、兒童、工資或道德等各種方面的影響，還不如不翻開他們的書。

原著注

*「『男人知道女人比自己更勝一籌，所以，他們才總是選擇最弱小或最無知的女人。要是他們打心眼裡不這樣想，就決不可能害怕讓她們和他們懂的一樣多。』……對另一種性別的人應該保持公允，我覺得應該開誠布公地承認，他在隨後的談話中對我說，他那樣說，是因為真心那樣想。」——鮑斯威爾，《赫布里底群島旅行日記》(*The Journal of a Tour to the Hebrides*)。

**「古代日耳曼人相信女人身上有神聖之處，也因此將她們當作大祭司，凡事請教。」——弗雷澤，《金枝》(*Golden Bough*)。

不過，我一邊沉思，一邊在無精打采、沮喪到絕望的情緒中，下意識地畫了一張小畫，就畫在本該像我的鄰桌那樣寫下結論的地方。

我畫出了一張臉，然後是一個身形。

畫的是傾心傾力撰寫傳世之作《論女性心智、道德及體能之低劣》的馮．X教授的臉孔和身形。

在我的畫面裡，他對女性而言可以說是毫無魅力。

體格壯碩，下頷寬大，反襯出一雙極小的眼睛，似乎是為了平衡大下巴；他的臉漲得很紅，從其表情來看，他顯然是在激憤的情緒中奮筆疾書，下筆有如刺刀，一筆一筆刺在紙上，儼如在刺殺害蟲，即使蟲子被刺死了，他仍然意猶未盡，還要繼續屠戮，即便如此，他仍有餘怒未消、氣惱不平的動機。

我看著自己的畫，不禁暗自發問：是不是因為他的妻子？她是不是愛上了某位騎兵軍官？那位軍官是不是玉樹臨風，身穿俄國羊羔皮外套，風度翩翩？還是套用佛洛伊德的說法，他在搖籃裡就被某個漂亮女性嘲笑過？因為，在我想來，恐怕在搖籃裡，這位教授就算不上是討人喜歡的孩子。反正，不管出於什麼原因，在我的畫筆下，這位教授在撰寫大作，論述女性心智、道德和體能如何低劣時看起來非常憤怒、非常醜陋。

隨手畫幅小畫，權當是百無聊賴的解悶方法，為一上午的徒勞無功畫上句號。然而，深藏不露的真理常常就在我們的百無聊賴、我們的白日夢中浮現出來。

心理學的基礎知識——根本不必動用精神分析的堂皇名號——告訴我：只需看看自己的筆記本就能明白，怒容滿面的教授畫像正是被憤怒畫就的。就在我空想時，憤怒奪走了我的畫筆。

那我的憤怒又從何而來呢？好奇、困惑、喜悅、厭煩——它們在這一上午接踵而至，我不僅辨認得出每一種情緒，還能說出其原委。憤怒，這條黑蛇，是不是一直潛藏其間？

是的，由這幅畫來看，憤怒的確潛藏其間。它明白無誤地向我指出：就是那本書、那句話激起了魔鬼般的憤怒，就是那位教授說女性的心智、道德和體能低劣的那種論調。我的心劇烈跳動，面頰滾燙，怒火中燒。這倒沒什麼稀奇的，儘管是有點傻。但誰都不樂意被別人說成天生就比某個小男人還要低劣——我看了一眼身旁的男學生，他呼吸很重，繫著簡便式的領帶，看上去有兩星期沒刮鬍子了。

人人都有某種愚蠢的虛榮心。這只是人的天性吧，我一邊想著，一邊畫起了圓圈，一圈圈環繞教授的怒容，直到那張臉看似著火的灌木叢，或是一顆拖著巨焰的彗星——不管像什麼，反正已不成人樣，沒有人類特徵了。這位教授現在只是漢普斯特德公園[8]裡一把點燃的柴火了。

我的怒氣很快就找到根源，發作完了也就消氣了，但好奇還在。該如何解釋那些教授的憤怒呢？他們因何而怒？

只要對這些書留給人的印象稍作分析，就必然能覺察到書中湧動著一種激烈的情緒。這種激烈，假借或諷刺，或傷感，或好奇，或斥責等方式表露出來。

不過，常常湧現出的還有另一種情緒，而且很難被一眼看出來。我稱其為：憤怒。但憤怒是暗中湧動的，混雜、隱沒在其他各種情緒之中。從它引發的反常效果來看，這種憤怒得到了偽裝，錯綜複雜，決非簡單外露的直白怒氣。

我審視著桌上的一大堆書，心想，不管出於什麼理由，對我想要達成的目標而言，這些書全都沒有價值。雖然這些書極盡人情，不乏訓誨、趣味和無聊，甚至還附有斐濟島民的怪誕風俗，但就科學的意蘊而言，它們毫無價值。它們寫出的都是紅色的情緒，而非皓光般的真理。所以，必須把它們歸還到屋子中間的大桌上去，回到巨大蜂巢的小隔間裡去。

那一上午，我辛苦得到的唯一收穫就是有關憤怒的真相。

那些教授們——我把他們統稱為教授了——很憤怒。但這是為什麼呢？我還了書，站在廊柱下，站在成群的鴿子和史前的獨木舟之間，我再次發問：為什麼？他們為什麼那麼憤怒呢？這個問題盤桓在腦海中，我信步而行，想要找個地方吃午餐。被我暫時稱之為憤怒的情緒，其本質到底是什麼呢？我問自己。

這是個甩不掉的難題，需要我在大英博物館附近的小餐館落座，搭配食物繼續思考。之前用餐的客人把晚報的午間副刊留在椅子上了，等菜上桌時，我便漫不經心地瀏覽大標題。

一行大字如緞帶橫跨整版：有人在南非旗開得勝。

小一號的緞帶宣稱：奧斯丁·張伯倫爵士[9]在日內瓦。地下室驚現黏有人類毛髮的斬肉刀。某位大法官在離婚法庭上對婦女的傷風敗俗大發議論。

其他的小新聞見縫插針地散布在報紙各個角落：某女影星被人從加利福尼亞山頂用繩索垂掛，懸於半空。天氣將起霧。

我猜想，只要拾起這份報紙，即使是匆匆光臨本星球的外星人，就算只是瞄幾眼零星片段，也能看出英國處於男性統治之下。任何理智健全的人都不可能感覺不到那位教授的絕對優勢。

他的優勢，就是權力、金錢和影響力。他擁有報業，以及其總編和副總編。他是外交部長，也是法官。他是板球運動員，擁有幾匹賽馬和幾艘遊艇。他是大公司的總裁，能讓股東賺足百分之二百。他給自己名下的慈善機構和大學院校留下百萬英鎊。他把女影星懸在半空。只有他才能決斷那把斬肉刀上的毛髮是不是屬於人類；只有他才能宣判凶手有罪無罪，是該施以絞刑，還是當庭釋放。除了起霧這件事，一切盡在他的掌握之中。

他卻很憤怒。而且，我知道他很憤怒。閱讀他寫女性的那些高談闊論時，我思忖的並非論點，而是他本人。

當論述者不動私情、冷靜地據理力爭時，只會專注於論點，讀者也會一心不二，關注論點本身。如果他談論女性時心平氣和，並且舉證出一些不爭的事實作為論據，讓人看不出他有刻意堅持某種結論，讀者也不會為此動怒。人們會欣然接受事實，就像承認豌豆是綠的、金絲雀是黃的那樣。那樣的話，我恐怕只能承認那是真的。但正是因為他有怒氣，所以我也變得惱怒。

我隨手翻著晚報，想到如此大權在握的男人竟然還要動怒，未免太荒謬了。我開始思忖，也可能，在不明就裡的狀況下，怒氣就是權勢的附屬品，好比鬼怪附體？譬如，有錢人時常動怒，因為總在擔心窮人要奪走他們的財富。

但那群教授，或者更確切地說，那群男權主義者，他們之所以有怒氣，除去這個原因外，還有另一種不那麼明顯的深層原因。

也許，他們根本沒有「動怒」，實際上，他們在與女性的私人生活中常常不吝美詞，充滿博愛，堪稱楷模。也許，他有點過分地強調女性之低劣時，他在意的並非她們之低劣，而是自己的優越。那才是他急於強調、過分捍衛的東西，因為這才是他的無價之寶。

我望著人行道上摩肩接踵的行人，心想，生活對於男女兩性來說都不容易，一樣是艱辛、苦難、無盡的奮鬥。那需要我們付出無比的勇氣與力量。或許，對於我們這些耽於幻想的人而言，更重要的是要有自信。沒有自信，我們就好像搖籃中的嬰兒。

那麼，我們如何能盡快培養出這種無法衡量卻彌足珍貴的性格呢？認定別人不如自己。假定自己生來就比別人優越——或是富有，或是高貴，或是有挺拔的高鼻梁，或是藏有羅姆尼[10]為祖父畫的一幅肖像——人類這種可悲的想像力是無窮無盡的。

因此，對這個不得不去征服、去統治的男權者來說，極其重要的一點就是：自覺生來就高人一等，覺得大部分人，確切地說就是另一半人類天生就比他低劣。這必然是他的權威的主要來源之一。

不過，請讓我將這種觀察所得應驗於現實生活，看看這種論點對於理解日常生活中的心理疑團是否有幫助，是否能解釋Z先生帶給我的驚愕？

那天，這位一貫溫文爾雅的謙謙君子拿起麗貝卡·韋斯特[11]的某本書，讀了其中一段就大呼小叫起來：「十足惡劣的女權主義者！她把男人說成了勢利小人！」這句怒吼讓我大吃一驚，因為，韋斯特小姐關於男性所說的話固然不中聽，但也可能完全屬實，何以就成了十足惡劣的女權主義者？這句怒吼不僅是因為虛榮心受到了傷害而發出的哀號，也是他的自信力受到侵犯時所發出的抗議。

千百年來，女人都要擔當魔鏡的職責：擁有令人滿足的魔法，可以將鏡中的男人放大兩倍。如果沒有這種魔法，這個世界恐怕至今仍是洪荒泥沼、密林草莽，根本無人能得知所有爭戰帶來的榮耀。我們大概還在羊骨殘骸上刻畫鹿的形狀，還在用火石換羊皮，或是任何能滿足我們原始品味的樸素飾品。超人也好，命運的魔爪也好，都不可能存在於世。沙皇和凱撒也不可能先戴上王冠，再丟掉王冠。縱觀各大文明社會，不管怎樣使用這魔鏡，對一切暴力和英雄壯舉而言，魔鏡都必不可少。所以，拿破崙和墨索里尼都特別強調女性低劣卑下，否則，他們就沒辦法膨脹為偉人。

在一定程度上，這也能解釋男人為什麼常常需要女人，也能解釋他們受到女人批評時是何其不安。說這本書寫得多差，或那幅畫是多麼缺乏力度，諸如此類的評頭論足若出自女人之口，而非男人之口，怎麼可能不帶來更多痛苦、激起更強烈的憤恨？因為，如果她開始講實話，魔鏡映照出的形象就會開始縮小，他契合生活的程度就必然降低。

假設他不能在早餐和晚餐時段，
一天起碼兩次看到自己加倍膨脹的身影，

那他還怎能繼續
宣布判決、教化民智、制定法律、著書立說，
又怎能盛裝打扮，在宴會上高談闊論？

我如此思忖著，邊把麵包捏碎，邊攪動咖啡，間或看看街上往來的行人。鏡中的映射超級重要，就因為它令男人活力充沛、神經活躍。拿走魔鏡，男人恐怕只有死路一條，就像被奪走古柯鹼的癮君子。

望著窗外的人流，我不禁想到，竟有半數行人是被這種幻象驅使著，大步流星去工作的啊。每天清晨，他們就在魔鏡散發出的宜人光輝裡穿好衣，戴好帽。他們信心十足、精神抖擻地開始每一天，堅信自己在史密斯小姐的茶會上是大受歡迎的嘉賓；踱步進屋時還不忘對自己說，我比這裡的半數人更高貴，因此說起話來洋洋自得，言之鑿鑿，給公共生活帶去深遠的影響，也在個人意念的邊緣處留下了令人費解的注腳。

男性心理是個危險又有趣的話題，我希望，等妳們每年都有屬於自己的五百英鎊收入後，再去深究這個話題；但因為要付帳單，我對這個問題的思索被打斷了。

總共五先令九便士。我給了侍者一張十先令的鈔票，他去找零錢。我的錢包裡還有一張十先令的鈔票，我注意到這一點是因為這個事實讓我至今仍激動不已——我的錢包會自動生出十先令的鈔票。我打開錢包，裡面就會有鈔票。社會為我提供了雞肉和咖啡、床榻和寓所，以回報我付出去的那些鈔票。

錢是一位姑姑留給我的，只因為我們同宗，而且我是用她的名字命名的。我一定要告訴妳們，我的姑姑瑪麗·伯頓是在孟買騎馬兜風時墜馬而亡的。我得知獲贈遺產的那天晚上，國會剛好通過了女性選舉權法案。一封律師信落在了我的信箱裡，打開後，我發現自己從此往後有了五百英鎊的年金，那就是她留給我的遺產。兩相比較——選舉權和錢——屬於我的那筆錢似乎重要得多。

在此之前，我靠給報社打零工來養活自己，報導這裡的蠢事、那裡的婚禮。我還靠幫人寫信封、為老婦人讀書誦報、紮些紙花、在幼稚園教小孩子識字賺個幾英鎊。一九一八年前，向女性開放的主要職業無外乎就是這些。

我認為，我不需要詳細描述這些工作有多辛苦，因為妳們大概也認識做過這些工作的女人；也不用告訴妳們賺錢糊口有多艱辛，因為妳們想必也經歷過。然而，比上述兩種辛酸更痛苦，至今仍讓我無法忘記的是那些日子所孕育的恐懼和酸楚。

首先，總是要做自己不想做的工作，且只能像奴隸那樣去工作，去阿諛，去逢迎，雖說也許不必整日如此，但似乎確實有這種必要，因為冒險、任性的代價太高了；其次，會想到天賦的消逝，就算只是微不足道的小天賦，對擁有者來說也是彌足珍貴的，才華被埋沒就無異於死亡，一旦有了這樣的想法，我的自我，我的靈魂，一切的一切就彷彿鏽病蠶食樹心，從骨子裡毀了盛放的春花綠葉。

當然，如我所說，姑姑去世了，每兌現一張十先令的鈔票，那鏽斑和腐跡便剝去了一層，不再恐懼與酸楚。

我把找回來的零錢滑進錢包，想起往日的艱苦，不禁想到：一筆固定收入竟能讓人的脾性發生這麼大的變化，這真是值得說道的事，千真萬確。世間沒有任何力量可以從我這裡搶走那五百英鎊。衣食寓所，永遠都是屬於我的。消失的不僅僅是辛苦與操勞，還有憤恨與怨怒。我不需要憎恨任何男人，男人傷害不到我。我不需要取悅任何男人，男人什麼都給不了我。

於是，不知不覺間，我發現自己對另一半人類持有一種新態度了。

籠統地指責任何一個階層或是一種性別都是很荒謬的。群體歷來不為其所作所為負責。驅動他們的，是他們無法自控的本能。那些男權家長們、教授們，也要應付無窮盡的難處、可怕的難關。從某些方面說，他們所受的教育有其缺陷，我所受的也一樣。這造成了他們有種種缺點。

沒錯，他們有錢有權，但付出的代價是要讓鷹鷲住進他們的胸膛，永無休止地撕啄他們的心肝肺腑——占有的本性、攫取的狂熱，永遠驅動他們覬覦別人的土地與貨物，去拓寬疆土，搶占領地，建造戰艦，研發毒氣，甚至犧牲自己和子孫後代的生命。

行走在海軍總部拱門（我已經走到紀念碑）之下，或任何一條陳列戰利品和大炮的林蔭道上，都會讓人記起那些被紀念過的輝煌戰績。我看著股票經紀人和大律師在春天的陽光裡走進樓宇，去賺錢，賺更多、更多的錢，但其實一年五百鎊就足以讓人在陽光下享受生活了。

我想，心裡裝著這樣的本能衝動，應該是很不舒服的。它們是某種生活狀況、文明的匱乏所孕育出的產物。我這樣想著，同時望著劍橋公爵的雕像，確切地說，是在凝視插在他那頂三角帽上的幾根羽毛，它們大概從未被人這樣目不轉睛地看過。

當我意識到這些缺憾後，心中的恐懼與酸楚也一點一點淡化為憐憫和寬容；不出一、兩年，憐憫與寬容也會化為烏有；再然後就是全然釋懷，超脫一切，見山是山，能就事物的本質去思考了。就說那棟樓吧，我喜歡嗎？那幅畫，好看嗎？那本書，我覺得寫得好嗎？

說真的，是姑姑的遺產助我撥雲見日，我看到的，不再是米爾頓要我永世瞻仰的那位威風的大人物，而是一方廣闊的天空。

左思右想間，我順著河邊走回家去。萬家燈火漸漸點亮，和晨曦時分相比，倫敦的景色已發生了難以言喻的變化。

彷彿一臺巨大的織機，在整日運行之後，在我們的協助下，織出了幾碼令人驚歎的美麗布匹——火紅的緞面上閃現著無數紅彤彤的眼睛，黃褐色的怪物咆哮著，噴吐熾熱的氣息。就連晚風也像一面獵獵作響的旗幟，拂過房屋，振動籬牆。

不過，我居住的那條小街是充滿居家氛圍的。粉刷匠正從梯子上下來；保母小心地推著嬰兒車進進出出，回來準備茶點了；運煤的工人把空麻袋一個疊一個堆放整齊；戴著紅手套的菜店老闆娘正在清點當日帳目。但我依然全神貫注於妳們交託給我的這個難題，以至於眼前的尋常光景也被我納入了思考。

我想，和一個世紀前相比，如今更難說清楚這些工作究竟哪個高人一等，哪個更有必要。是做運煤工好，還是做保母好？跟賺了上萬英鎊的高級律師相比，把八個孩子拉扯大的清潔女工對這個世界而言就更沒有價值嗎？

這樣發問是沒有意義的，因為沒人能夠回答。

清潔女工和律師的價值高低，在不同年代裡各有起落，即使是現在，我們也沒有尺度去衡量他們。要那位教授拿出「無可辯駁的證據」，以證實他對女性的論斷，反倒像是我在犯傻。就算現在有人可以說出某一種天賦才華的價值，價值本身也會變化，很可能在一個世紀之後就徹底變樣了。

走到自家門階時，我心想，更何況，再過一百年，女性就將不再是被保護的性別了。她們理應可以參與本來將她們拒之門外的一切活動和勞動。保母會去送煤。老闆娘會去開車。當女性不再被認為是被保護的性別群體，在此前提下所體察到的事實——諸如（這時，一隊士兵從這條街上列隊走過），女性、教士和園丁要比其他人長壽——所建立的一切假設都將不攻而破。不再保護她們之後，讓她們和男性一樣面對同樣的勞動與活動，讓她們當兵、當水手，讓她們去開車、做碼頭工，難道女人們不會死得更早，比男人們死得更快嗎？那時候，他們會說「今天我看到了一個女人」，儼如以前人們說「我看到了一架飛機」那樣稀罕。

一旦女性不再是被保護的一方，任何事都有可能發生啊，我這麼想著，打開了房門。但這些與我的主題——女性與小說——有何相關呢？進屋的時候，我這樣問自己。

## 譯者注

1. 伯肯海德伯爵（1st Earl of Birkenhead, 1872-1930，本名 Frederick Edwin Smith），英國律師、政客、著名演說家。
2. 威廉・拉爾夫・英格（Dean Inge, 1860-1954，全名 William Ralph Inge），作家，英國國教牧師，劍橋大學神學教授，聖保羅大教堂教長，曾獲三次諾貝爾文學獎提名。
3. 尚・德・拉布魯耶（Jean de La Bruyère, 1645-1696），法國作家、哲學家。代表作：《品格論》（*Les caractères*）。
4. 塞繆爾・詹森（Samuel Johnson, 1709-1784），英國作家、文學評論家、詩人、辭書編纂者，編著過莎士比亞選集。代表作：長詩《倫敦》（*London*）、小說《雷塞拉斯，阿比西尼國王子傳》（*Rasselas, Prince of Abyssinia*）等。
5. 奧斯卡・勃朗寧（Oscar Browning, 1837-1923），英國作家、歷史學家，教育改革者。
6. 塞繆爾・巴特勒（Samuel Butler, 1835-1902），英國作家。代表作：諷刺體烏托邦小說《烏有之鄉》（*Erewhon*），半自傳體小說《眾生之路》（*The Way of All Flesh*）。
7. 亞歷山大・波普（Alexander Pope, 1688-1744），十八世紀英國最偉大的詩人，傑出的啟蒙主義者，推動了英國新古典主義文學發展。代表作：《蠢材列傳》（*The Dunciad*）、《秀髮劫》（*The Rape of the Lock*）。
8. 漢普斯特德公園（Hampstead Heath），位於倫敦西北部約有八百公頃的自然保護區。
9. 奧斯丁・張伯倫（Sir Austen Chamberlain, 1863-1937），英國政治家，一九二五年獲諾貝爾和平獎。
10. 喬治・羅姆尼（George Romney, 1734-1802），英國肖像畫家，為諸多社政名流繪製肖像。
11. 麗貝卡・韋斯特（Rebecca West, 1892-1983），英國小說家、評論家、散文作家，以其女權主義著稱。代表作：《黑羊與灰鷹》（*Black Lamb and Grey Falcon*）、《一車火藥》（*A Train of Powder*）。

# 03

晚上回家時兩手空空，什麼有分量的說法、可靠的事實都沒帶回來，實在讓人失望。

女人比男人貧窮，是因為——這樣那樣的原因。

也許，現在最好先放棄探尋真理，不要任由岩漿般滾燙，或洗碗水般渾濁的觀點如雪崩般坍塌在頭腦中。最好把窗簾拉緊，將分心的物事拒之窗外，點亮燈盞，縮小探尋的範圍，請教記載史實而非闡述見解的歷史學家，看他們如何描述女性的生存境況，也不用論古至今，只著眼於英國女性，且限於伊莉莎白時代。

這是因為我長久以來始終有一種困惑：為什麼那時的男人好像兩、三人之中必有一個會寫歌謠或十四行詩，卻沒有一位女性在那非凡的文學時代裡留下隻字片語？我問自己：那時的女性生活在什麼樣的境況中？因為小說雖是一種想像力的傑作，可能不太像科學那樣儼如石子從天而降，但小說如同蛛網，即使只是輕微勾連，卻始終用邊邊角角勾連於生活。

這種關聯通常是很難被察覺到的，譬如，莎士比亞的劇作看似憑空而就，自成一體，但只要拉歪蛛網，鉤住邊角，扯破中央的網線，我們就會想起來，這些蛛網並非是看不見的精靈鋪就於半空的，而是出於受苦受難的人類之手，並且和相當具象的物質息息相關：諸如健康、財富和我們棲身的房屋。

於是，我走到擺放歷史書籍的書架前，取下了最新出版的那一本：特里維廉教授[1]所著的《英國史》。我又在索引中搜尋「女性」二字，繼而找到了「地位」這兩個字，便翻到相應的頁碼。

我讀道：「毆打老婆是被公認的男人的權利，不管地位高下，男人都能面無愧色地下手……同樣，」這位歷史學家繼續寫道，「女兒若拒不嫁給父母選擇的女婿，就可能被關進屋裡，飽受拳腳，公眾對此保持漠然。婚姻無關個人情感，而是家族斂財之道，尤其在崇尚『騎士精神』的上流社會中……往往一方或雙方尚在搖籃中，婚約便已定下，剛能離開保母就要完婚。」那是一四七〇年前後，喬叟的時代結束不久。

再次提到女性的地位已是二百年後的斯圖亞特王朝時期。「即使在中上流社會，女人為自己選擇夫婿也屬罕事，但只要許配給了某位先生，至少法律和習俗便默認丈夫是一家之主。但即便如此，」特里維廉教授總結道，「不管是莎士比亞劇中的女性，還是一些可靠的十七世紀回憶錄——譬如菲尼夫婦和哈欽森夫婦回憶錄——中的女性似乎都不乏個性和品格。」

我們不妨斟酌一下：克莉奧佩特拉[2]顯然有其特立獨行之處；也能料想馬克白夫人[3]有自己的意志；或許還能斷定羅莎琳是位動人的女性。說莎士比亞戲劇作品中的女性不乏個性和品格，特里維廉教授顯然道出了實情。

就算我們不是歷史學家，也可以再鉤沉一下，得到一個結論：自古以來，女性在所有詩人的所有作品中都如燈塔般光芒四射——劇作家的筆下，就有克呂泰涅斯特拉[4]、安蒂岡妮[5]、克莉奧佩特拉、馬克白夫人、費德拉[6]、克瑞西達[7]、羅莎琳[8]、苔絲狄蒙娜[9]、馬爾菲公爵夫人[10]；還有文學作家筆下的米拉芒特[11]、克拉麗莎[12]、蓓佳·夏潑[13]、安娜·卡列尼娜[14]、愛瑪·包法利[15]、蓋芒特夫人[16]——這些名字湧現腦海，全都不會讓人想起女性「缺乏個性和品格」之說。

的確，如果女性只存在於男人所著的小說中，必然會被認為是舉足輕重的人物：千姿百態，有的高尚，有的卑鄙，有的華麗，有的醜惡，有天姿國色，也有醜陋至極的，有的和男人一樣優秀，也有的讓人覺得比男人更優異*。

原著注

*「始終有這樣一個古怪的不解之謎：雅典娜之城的女性備受壓迫，幾乎與東方婦女一樣，要麼做宮婢，要麼做苦工；然而，在其戲劇舞臺上卻誕生了克呂泰涅斯特拉和卡珊多拉、阿托莎和安蒂岡妮、費德拉、美狄亞以及那位『厭女者』歐里庇得斯筆下統領一齣又一齣劇碼的女性主人公們，這究竟是為什麼？

現實生活中，尊貴的女士是不可以獨自外出拋頭露面的，但在舞臺上，女人可以和男人平起平坐，甚或更勝一籌，這種矛盾至今也不曾得到圓滿的解釋。這種舞臺上的女性優勢在現代悲劇中依然存在。

無論如何，粗略翻閱一遍莎士比亞的作品（韋伯的作品與其相似，馬婁或詹森的劇作則不同）便足以看出：從羅莎琳到馬克白夫人的那些女性都擁有這種優勢和主動權。拉辛的劇作也是如此。他的六部悲劇都以女主人公命名。

而且，在他的筆下，有哪位男性角色可以跟埃爾米奧娜和安德洛瑪刻、蓓蕾尼絲和洛葛仙妮、費德爾和阿達莉相媲美？易卜生也不例外，哪位男性角色又可以與索爾維格和娜拉、海達和希爾達·旺格爾還有麗貝卡·韋斯特相提並論？」
—— F.L. 盧卡斯，《論悲劇》（*Tragedy, pp*），第 114-115 頁。

但這都是小說中的女性形象。現實卻如特里維廉教授指出的那樣：女性被關進屋裡，飽受拳腳，被推搡得東倒西歪。

於是，出現了一種雜糅出來的、異常奇特的造物。在想像中，她無比尊貴；在現實中，她根本無足輕重。

她充斥於詩集的字裡行間；卻在歷史中無跡可尋。她主宰小說中的帝王和征服者的人生，卻像奴隸般聽命於現實中的未成年男子，只要那男孩的父母能強使她套上婚戒。文學作品中，多少富於靈感的動人詞句、最雋永深刻的思想都由她說出，而真實生活中，她認不得幾個字，更別提讀寫，只能算是丈夫的私有財產。

如果先讀歷史，再讀詩章，
那我們會看到一個何其奇特的怪物啊——
長著鷹翅的蠕蟲，
象徵生命與美的精靈在廚房裡剁板油。

然而，這些在想像中貌似有趣的怪物其實根本不存在。若要讓她變得活靈活現，我們就必須充滿詩意、同時平淡無奇地去想像，才不至於脫離事實——譬如說，她就是馬丁太太，三十六歲，身穿藍衣，戴著黑帽，穿棕色鞋；但也不能沒有虛構能力——她包容了各種各樣、流轉不息、閃光不止的精神和力量。可是，當我把這種手法套用在伊莉莎白時代的女性身上時，光芒就減弱，如墜迷霧，因為缺乏事實佐證而一籌莫展。無法瞭解她的詳情，沒有任何細節，沒有確切或詳實的資訊。歷史書裡根本沒提到她。

於是，我回過頭來翻看特里維廉教授的著作，看看歷史對他來說意味著什麼。瀏覽諸章標題後，我發現，歷史對他而言就是——

「采邑與敞田耕種法……西多會教團與牧羊業……十字軍東征……大學……下議院……百年戰爭……玫瑰戰爭……文藝復興時期的學者……修道院式微……農業及宗教衝突……英國海上霸權的由來……西班牙無敵艦隊……」等等。間或會提到某位女性，某位伊莉莎白，或某位瑪麗，某位女王或是某位貴婦。

可是，任何除了頭腦和個性外便一無所有的中產階級女性，都沒辦法投身於任何大事件，而正是這些前仆後繼的事件構成了歷史學家的歷史觀。我們也無法在軼事野史中找到她的蹤影。奧布里[17]幾乎不會提到她。她也不曾記錄自己的生平故事，幾乎從來不寫日記，只留下了幾封書信。她沒有留下任何劇作或詩歌，能讓我們對她加以評定。

我想，人們需要大量的資料——為什麼就沒有哪個紐納姆學院或格頓學院的才華橫溢的學生能提供這些素材呢？——她幾歲結婚的？通常會有幾個子女？她的住宅是什麼樣的？她有自己的房間嗎？她親自下廚嗎？她有僕傭嗎？

所有這些細節必定藏在某處，也許是教區的記事本或帳簿中。伊莉莎白時代普通女性生活的資料必定散見各處，但願能有人去搜集，編纂成書。

我的目光在書架上逡巡，想找到那些並不存在的書，心中默想：雖然我自己真的認為目前的歷史書都有點古怪，失真，偏頗，卻只怕我沒膽量、也沒野心去建議知名學府的學生們重寫歷史；但他們為什麼不能為歷史增缺補遺呢？

當然，增補的這部分無須招搖的標題，以便讓女性恰如其分地登場。因為我們時常在大人物的生活中瞥見她們的存在，匆匆隱沒於背景，有時我會想，她們把自己的一個眼神、一陣笑聲，或是一滴淚隱藏起來了。畢竟，我們看夠了珍·奧斯汀的生平故事，似乎也沒必要再去思量喬安娜·貝利[18]的悲劇對埃德加·愛倫坡[19]詩歌的影響。就我而言，我真的不在乎瑪麗·拉塞爾·米特福德的故居和遊園向公眾關閉一百年或更長時間。

然而，再次仰望書架時，令我深覺可悲的是：我們對十八世紀前的女性竟然一無所知。我在腦海中搜尋不出一個典範可供我左思右想。

現在，我口口聲聲追問為什麼伊莉莎白時代的女性不寫詩，卻連她們受過怎樣的教育都無法確證：她們是否學過寫字？有沒有自己的起居室？有多少女性在二十一歲前就已生兒育女？簡而言之，她們從早八點到晚八點，這整整一天裡，究竟做了些什麼？很明顯，她們沒有錢，按照特里維廉教授的說法，不管是否心甘情願，她們未等成年就得嫁人，甚至很可能不滿

十五、六歲。

即便這些事都弄清楚了，我也敢說，要是她們中有人冷不丁突然寫出了莎士比亞的劇作，那才是咄咄怪事吧。

我還想到了一位已離世的老先生，我記得他曾是主教。他宣稱：不管是過去、現在還是將來，都不會有任何一個女人能有莎士比亞那樣的才華。關於這點，他曾在報紙上撰文論述過。他還跟一位來向他請教的夫人說，貓是上不了天堂的，雖然，他補充道，牠們也有某種靈魂。

為了拯救一個凡人，這些老先生是多麼殫精竭慮！他們每進一步，無知的邊界便向後退縮了多少啊！

貓進不了天堂。女人寫不出莎士比亞的劇作。

話雖如此，我看著書架上的莎士比亞著作時，卻不能不承認，那位主教至少在這一點上說對了——在莎士比亞的時代，沒有任何一位女性能寫出莎士比亞那樣的劇作，完完全全沒有可能。

既然史實難尋，不妨讓我想像一下，假如莎士比亞有個天資聰穎的妹妹，假設就叫裘蒂絲吧，那麼事情會如何發展呢？

考慮到莎士比亞的母親繼承了一筆遺產，莎士比亞本人很可能進了文法學校，很可能學了拉丁文——奧維德、維吉爾還有賀拉斯——還有基礎文法和邏輯學。

眾所周知，他是個頑劣的孩子，偷獵別人地界裡的野兔，可能還獵殺了一頭鹿，還不到結婚的年紀就倉促地娶了鄰家女子，婚後不到十個月，她就為他生下了一個孩子。

風流荒唐之後，他只能背井離鄉躲開紛擾，去倫敦自謀生路。他似乎對劇院情有獨鍾，先是在後臺門口為人牽馬，很快就加入劇團，成為一名頗有建樹的演員，生活在堪稱當時的世界中心的大都會裡，交遊甚廣，無人不識，在舞臺上實踐他的藝術，在街頭巷尾磨練自己的才智，甚至能到女王的宮殿裡表演。

與此同時，我們不妨合理推斷，他那位天資聰穎的妹妹留在了家裡。她和莎士比亞一樣，喜歡冒險，富於想像，渴望去外面見世面。

但是，父母沒送她去讀書。她沒有機會學習文法或邏輯，更別提通讀賀拉斯或維吉爾了。她偶爾會拿起一本書翻幾頁，書大概是她哥哥的。

可是，沒看幾頁，父母就會進屋來，吩咐她去補襪子，或是去看著爐子上的飯菜，總之不許她在書本紙筆上浪費時間。他們的語氣會很嚴厲，但態度是和藹的，因為他們畢竟是殷實人家，很清楚女人的生活狀況是怎樣的，也很疼愛自己的女兒——事實上，她很可能是父親的掌上明珠。

說不定，她曾在儲存蘋果的閣樓上偷偷寫過幾頁紙，但要小心藏好，或是燒掉。可惜，要不了多久，只不過十多歲的她就會被許給鄰家羊毛商的兒子。她又哭又鬧，說自己討厭這門親事，為此被父親痛打一頓。

後來，父親不再責罵她，而是苦苦哀求女兒不要讓他丟臉，不要因婚事讓他難堪。他說會給女兒一條珠鍊，或是一條上好的襯裙；說著說著，聲淚俱下。這讓做女兒的怎麼能不順從呢？她怎麼會讓父親傷心呢？

唯有與生俱來的才華讓她硬下了心腸。

她把自己的物品收拾成一個小包袱，在夏夜裡，順著繩子爬下了窗，直奔倫敦。她還不到十七歲。

樹籬間鳥兒的鳴唱都不如她的歌聲歡快。她和哥哥一樣，對於文詞音韻有最敏捷的想像力。她也和哥哥一樣鍾情於劇院。

她站在後臺門旁，說她想演戲。男人們當面嘲笑她。劇院經理是個口無遮攔的胖男人，更是一陣狂笑，嚷嚷著什麼小狗跳舞、女人演戲之類的蠢話——他說的是：沒有哪個女人可以演戲。他還暗示——妳們一定猜得到他暗示了什麼。

她找不到地方訓練才藝。難道她還能去小飯館就餐，或是在深夜的街頭徘徊？不過，她真正的才華是在寫小說這件事上，渴望從男人女人的生活以及對他們性情的研究中汲取充足的素材。

最後——其實她還很年輕，長得和詩人莎士比亞非常相像，都有灰眼睛，彎眉毛——演員經理尼克．格林對她心生憐憫，卻也讓她出乎意料地懷上了這位紳士的骨肉，所以——當詩人的心禁錮於、糾纏於女人之軀，誰又能揣度出那是何等的熾熱和狂暴？——在一個冬天的夜晚，她自殺了，死後被葬於某個十字路口，也就是如今大象城堡酒店門外停靠公共汽車的那個地點。

我認為，如果有哪位女性在莎士比亞時代擁有與其比肩的才華，她的人生走向必然大致如此。

但我想，我終究會同意那位已故的主教，假如他確實做過主教——也就是說，根本無從想像莎士比亞時代的任何女性能擁有莎士比亞那樣的才華。因為這樣的才華不可能源自日夜操勞、目不識丁、卑躬屈膝的人群中，不可能誕生於英國的撒克遜人和不列顛人當中，也不可能出現在如今的工人階級中。

那麼，按照特里維廉教授的觀點，在那些尚且年幼便被父母逼去工作、在法律和習俗的束縛下又不得脫身的女性中，又怎會跳脫出這樣的天才呢？

然而，女性群體中必有某方面的天才，工人階級中也必然如此。時不時地，就會出現一位艾蜜莉·勃朗特或羅伯特·彭斯[20]大放異彩，證明天才的存在。

但史書顯然不會記載這種天才的存在。

不過，每當讀到某個女巫被溺斃，某個女人被魔鬼附身，某個聰明的女人叫賣草藥，甚至某位傑出男士有位賢母，我都會意識到：沿著這些線索尋覓下去，我們就能追蹤到某位被埋沒的小說家，某位懷才不遇的詩人，某位默默無聞、不為人知的珍·奧斯汀，某位因才華被壓抑而被折磨得在荒野上跌跌撞撞、頭破血流，或在路邊迷離遊蕩、蓬頭垢面、緊鎖眉頭的艾蜜莉·勃朗特。

其實，我甚至敢說那些寫下許多詩作，卻從不曾署名的「無名氏」，多半是女人。如果我沒記錯，愛德華·費茲傑羅[21]曾暗示說，是女人創造了民謠和民歌，因為她要邊紡線，邊低聲哼唱哄孩子，也要以此度過漫漫冬夜。

這究竟是真是假，誰能斷定呢？但若反思我杜撰的莎士比亞妹妹的故事，我覺得，那終究蘊含了部分真相：任何一位天賦過人的十六世紀才女都注定會發瘋，會飲彈自盡，或在某個遠離村莊的荒舍離群索居，孤獨終老，半是女巫，半是術士，被人取笑，也讓人畏懼。

這位天賦過人的才女一旦將其才華用於詩歌，除了旁人的百般阻撓，她與之對抗的本能也會折磨她、撕扯她，無須動用心理學的大道理就能斷定，她的健康和精神必然大受其害，身心俱殘。沒有哪個女人走到倫敦、從劇院後臺徑直衝到演員經理面前而不會經受侮辱、遭受痛苦，也許這毫無道理可言——或許是因為貞潔觀，但這很可能只是一些社會群體出於不可知的理由而臆造出來，並且瘋狂崇拜的概念——但卻無可避免。

所謂貞潔，在當時，乃至現在，在女人的一生中都具有重要的宗教意義，裹挾在每一根神經、每一種本能的糾纏之中，若要剝去束縛，將之暴露在光天化日之下，需要不同尋常的莫大勇氣。

對女詩人、女劇作家而言，在十六世紀的倫敦無拘無束的生活就意味著精神上的壓力、生活上的困窘，可能足以將她逼上絕路。就算她可以僥倖地存活下來，過度緊張、趨向病態的想像力也會導致她寫下的文字扭曲、畸變。

我看著書架，上面沒有一部女性創作的戲劇作品，我心想，毫無疑問，她是不會在作品上署名的。她必然會尋求隱身保命的辦法。這是貞潔觀對女性的要求，即便到了十九世紀晚期依然遺風猶勁。從柯勒．貝爾[22]、喬治．艾略特、喬治．桑[23]等女作家的作品中能清清楚楚地看到，她們無一例外都是內心衝突的犧牲品，她們用男人的名字做筆名掩匿自己的真面目，卻只是徒勞。

這樣做，只是向約定俗成的慣例低下了頭；就算慣例不盡然是由男人們樹立的，卻無疑是他們大力鼓吹的（伯利克里[24]曾說過，女人最大的榮耀不在於被人津津樂道，雖然他自己常為人所議論）。

基於這種傳統觀念，女性拋頭露面才被認定是為人所不齒的。她們骨子裡就有隱姓埋名的傾向；深藏不露的渴望依然掌控著她們。

即便到了當代，她們也不像男人那樣在意自己的聲譽是否名副其實，經過墓碑或路牌時，通常也沒有想把自己的名字銘刻其上的強烈渴望；完全不像阿爾夫、伯特或查斯之流，必定會聽從本能，他們看到了漂亮女人，或就算是看到一條狗，都會喃喃自語：這狗是我的[25]。

當然，未必是狗，我想到了議會廣場、勝利大道和其他林蔭大道，所以，也可以是一塊土地，或一個黑色捲髮的男人。

身為女人的一大好處就是，就算看到一個極其漂亮的黑人女子，也可以徑直走過，不去奢望把她改造成英式女子。

所以，那個擁有詩情天賦的十六世紀女子必定是不幸的，必定是個自己和自己較勁的女人。不管她的胸中有何詩文機杼，都得有合適的心境才能得以抒發，可是，她的人生況景、天性本能卻盡與之作對。

但我要問：什麼樣的心境最有益於創作呢？對於催生寫作這種奇怪的活動，並使之可能完成的心境，有人能以一言蔽之嗎？

此刻，我翻開一卷莎士比亞的悲劇。譬如說，在他寫下《李爾王》和《安東尼與克莉奧佩特拉》時，會有怎樣的心境呢？

那絕對是自古以來最適宜寫詩的心境了。但莎士比亞本尊對此隻字未提。我們只能在不經意間、偶然得知他「從未塗改過一行字」。

或許，十八世紀以前，確實沒有哪位藝術家談過自己的創作心境。首開先河的人大概是盧梭。不管怎樣，自我意識到了十九世紀已發展到了一定程度，文人們大都喜歡在懺悔錄或自傳中描述他們內心的所思所想。也有人為他們著書立傳，他們的書信在死後也有人出版。

由是，儘管我們不知道莎士比亞在創作《李爾王》時的心境如何，卻能知道卡萊爾[26]在寫下《法國大革命》時所經歷的境況，也知道福樓拜在書寫《包法利夫人》時所經歷的一切，還有濟慈試圖以詩歌來抵制死之將至和冷漠世間時的感受。

從卷帙浩繁的懺悔錄和自我分析式的現代文學中，我們會很自然地得出一個結論：寫出任何一部天才之作都堪稱是一件歷經磨難的壯舉。事事都在妨礙作家將頭腦中孕育的作品完整無缺地寫下來。

總的來說，這件事會受到物質條件的各種阻撓。狗會吵鬧，人來干擾，錢必須去賺，身體也會衰弱。

何況，還有顯而易見的世人的冷漠，讓這件事愈加艱難，愈加難以忍受。這個世界並不要求人們去寫詩、寫小說，甚至寫歷史，世界根本不需要這些。這個世界毫不在意福樓拜是否找到了恰當的字詞，卡萊爾是否謹慎查證了此一事或彼一事。

顯然，這個世界也不會對它不需要的東西給予報酬。所以，諸如濟慈、福樓拜、卡萊爾的那些作家無一不受苦，尤其是在創作力最旺盛的年輕時代，他們要經受各式各樣的干擾與挫敗。那些懺悔錄和自述文本中傳遞出的是一種詛咒，一些愴痛的呼號。「偉大的詩人死於悲慘」——他們的詠歎往往承載著這樣的主題[27]。

但凡能熬過這一切而倖存下來的，都算奇蹟；很有可能，沒有任何一本書能圓滿實現作者最初的構思，完整又完美地面世。

看著書架上的空處，我心想，這些千辛萬苦對女性來說豈不是更讓人生畏？

首先，即使是在十九世紀初，女人也根本不可能擁有一間屬於自己的房間，更別說是安靜，甚而隔音的屋子了，除非她的父母極其富有，甚而是貴族。

如果僅能置辦衣裝的零花錢都得仰仗父親的慈悲，她就根本沒有餘裕去找些慰藉，像濟慈、丁尼生或卡萊爾那些窮詩人，起碼還能去徒步旅行、去法國散散心、找間獨立的寓所棲身，儘管條件再簡陋，最起碼能躲開家人的嘮叨與專橫。

這些物質上的困難固然可怕，但更糟糕的是那些看不見摸不著的、精神層面的痛苦。

世人的無動於衷曾讓濟慈、福樓拜和其他才子難以忍受，但若換作是她，世情的冷漠就將變為敵意。對他們，世人會說：想寫就寫啊，反正我是無所謂的。但對她，世人不會這樣說，只會冷嘲熱諷：寫作？妳寫出來的東西有什麼用？

我再次看向書架上的空處，想到紐納姆學院和格頓學院的心理學家們或許可以幫上我們的忙了。因為，現在是時候測量一下挫折對藝術家的心智到底有多少影響了，就好像我曾見過乳製品公司使用普通牛奶和優質牛奶餵養老鼠，再根據老鼠的體型做出量化結論。他們把兩隻老鼠關進並列擺放的兩只籠子，一隻畏畏縮縮的，膽子小，個頭也小；另一隻毛色光亮，膽子大，體型肥碩。

那麼，我們餵給女藝術家們的營養又是什麼呢？問到這裡，我不禁想起了晚餐桌上的梅乾和蛋奶凍。

要想回答這個問題，只消打開晚報，讀一下伯肯海德爵士的高見……不過，我真心不想費神去抄錄這位爵士對女性寫作的見解。也暫且不援引英格教長的話吧。哈利街的專家們盡可叫囂，激起整條哈利街的回聲共鳴，但絲毫不能令我有所動。

我要摘引的，卻是奧斯卡・勃朗寧先生的話，因為勃朗寧先生在劍橋大學曾顯赫一時，還給格頓學院和紐納姆學院的學生們出過考題。奧斯卡・勃朗寧先生宣稱「閱完任何一份試卷都會產生這種想法：不管他打的分數高低，就智力而言，最優秀的女人總是比最差的男人更低下」——他就是靠這種結論才受人敬重，被推舉為一言九鼎的權威人士。說罷，勃朗寧先生轉身回到自己的房間，發現一個小馬童躺在沙發上，「瘦得皮包骨頭，雙頰凹陷，臉色蠟黃，牙齒發黑，看起來四肢癱軟無力……『那是亞瑟』，勃朗寧說道，『他是個難得的好孩子，品性相當高尚。』」

在我看來，這兩幅畫面是互補的。令人欣慰的是，在如今這個傳記盛行的年代裡，幸好有這樣兩幅畫面能夠互相補全，才讓我們既聽其言，又觀其行，完整地去詮釋大人物們的高見。

現在的人可能無法接受這種論斷，但即使只是五十年前，這種話從大人物嘴裡說出來肯定讓人難以反駁。

我們不妨假設，有位父親出於最善良的動機而不願讓女兒離家去當作家、畫家或學者，他準會說：「聽聽奧斯卡．勃朗寧先生是怎麼說的。」何況，遠不止奧斯卡．勃朗寧先生這麼說，還有《星期六評論》，還有葛列格先生斷然指出：「婦女存在之本質，在於為男人所供養，並侍候男人。」……不勝枚舉的大男人主義觀點都在強調：對女性的才智，不要有任何期待。

就算那位女孩的父親沒有大肆說教，她自己也可以讀到這些觀點；就算是在十九世紀讀到，這類文詞也會讓人心灰意冷，對她的作品產生深刻的影響。總有人會斬釘截鐵地對妳說——妳不能做這件事，妳也做不成那件事——而那恰恰是我們該去抗爭、去克服的。

也許對小說家來說，這種菌害已不再有效，因為我們已經有了傑出的女性小說家們。但對畫家們來說，其流毒仍在。根據我的想像，即使是當下，這種毒害對音樂家們來說仍很活躍，毒性尤強。女作曲家們的地位，仍和莎士比亞時代的女演員的地位相同。

我想起了自己杜撰的莎士比亞妹妹的故事，尼克．格林曾說，女人演戲讓他想到小狗跳舞。兩百年後，詹森用同樣的言語諷刺傳教的女人。在此，我翻開一本有關音樂的書，就在一九二八年，又有人用同樣的字眼描述試圖作曲的女人們：「關於嘉曼．戴耶費爾[28]小姐，我只能重複詹森博士論及女傳教士時所說的至理名言，只不過要換成音樂的說法：『先生，女人作曲，就像小狗要用後腿走路一樣，牠自然是走不好的，但讓人吃驚的是牠竟然會想去這樣做。』」＊[29]

歷史竟能這般精準地重複上演。

就這樣，我合上了奧斯卡・勃朗寧先生的傳記，也推開了其他人的，我的心中已有定論：很明顯，乃至十九世紀，女性要從事藝術都必不會得到鼓勵和支持。恰好相反，女人得到的只會是斥責、侮辱、訓誡和規勸。她們又要抵制這個，又要反對那個，勢必神經緊張，筋疲力盡。

在此，我們還是沒能繞出那個非常有趣且隱蔽，但對女性運動極具影響力的男權情結；那種根深柢固的願望——與其認定她該低人一等，不如認定他該高人一籌——使得他不管在什麼領域都要招搖自己的偉大形象，不僅橫

原著注

*謝西爾・格雷《論述當代音樂》(*A Survey of Contemporary Music, P*)。

在藝術之路上，還要阻斷政治之路，即使被其阻撓的前景只會帶給他微乎其微的風險，即使哀求他放行的人謙卑又恭敬。

我記得，就連對政治滿腔熱情的貝斯伯勒夫人也必是屈身低頭地給格蘭維爾．萊韋森－高爾夫人寫信：「……儘管我對政治極有熱忱，也發表了不少意見，但我完全同意您的觀點：女人不應干涉政治或其他嚴肅的事務，頂多（在別人問起她時）說說自己的見解。」如此表態之後，她才將一腔熱情毫無阻礙地投入更重要的話題，也就是格蘭維爾勳爵在下議院的首次演說。

我覺得，這實在是一種奇怪的現象。男人反對女性解放的歷史，也許比女性解放本身更有意思。要是格頓學院或紐納姆學院的年輕學子去搜集例證，演繹出一套理論來，準能寫出一本有趣的書——不過，她得備好厚手套，還要有金塊打造的柵欄，以便保護自己。

不過，暫且拋開貝斯伯勒夫人，我又想到，如今看來有趣的笑談，也曾被極為嚴肅地認為非同小可。

我敢說，如今被標以「奇談」，當作兒戲般在夏夜讀給少數人聽的閒談逸事，也曾一度催人淚下。妳們的祖母以及曾祖母輩中，有好多女人曾為這些故事哽咽、拭淚。佛羅倫斯·南丁格爾更是放聲痛哭**[30]。

何況，對妳們來說，一切都挺好，可以讀大學，有自己的起居室——也許該稱作臥室兼起居室？——妳們大可以說，天才對這些看法是不屑一顧的，天才應當超然於旁人的議論。

不幸的是，恰恰是天才男女最在意眾人的議論。想想濟慈吧，想想他在自己的墓碑上刻下的銘文。再想想丁尼生吧，想想——不過，我似乎不必再

原著注

**見佛羅倫斯·南丁格爾《卡珊德拉》（*Cassandra*），載於R·斯特雷奇著，《事業》。

舉出更多無可否認的事實，雖然是令人遺憾的，但事實就是：藝術家的天性決定了他們會過分在意他人對自己的評說。文學世界裡屍骸遍地，盡是對世人的評價過於介意，乃至到了不可理喻的程度的男人們。

在我看來，這種敏感加倍遞增了他們的不幸。回到我最初提出的問題：何種心境才有益於創作？創作是一種非凡奇妙的努力，要直抒胸臆，把頭腦中孕育的作品完整地寫下來，就需要藝術家心境明淨。看著我眼前攤開的《安東尼與克莉奧佩特拉》，我猜想，那就是莎士比亞的心境。必定沒有阻滯，也沒有未被消融的雜質。

儘管我們說自己對於莎士比亞的心境一無所知，但既然有此一說，我們就已經論及莎士比亞的心境了。

相較於多恩[31]或班・強生[32]，又或是米爾頓，我們對莎士比亞知之甚少，這或許是因為我們無從得知他的所有忿恨、怨氣和憎惡。沒什麼「祕聞」能讓我們聯想到這位作家。抗議、勸誡、訴冤、報復、讓全世界見證艱辛與不公，諸如此類的一切渴求都由他內心噴薄而出，燃燒殆盡，煙消雲散。因此，他的詩歌從他心中自由自在地傾瀉而出，無掛無礙。

若曾有誰圓滿呈現自己的創作，那就是莎士比亞了。我再次轉向書架，心想，若有誰的心境澄明清淨，那就是莎士比亞了。

## 譯者注

1. 喬治．特里維廉（George Macaulay Trevelyan, 1876-1962），英國史學家，著名學者。代表作：《英國史》（*A History of England*）。
2. 克莉奧佩特拉：莎士比亞的歷史劇《安東尼和克莉奧佩特拉》（*Antony and Cleopatra*）的女主人公。
3. 馬克白夫人：莎士比亞的悲劇《馬克白》（*Macbeth*）的女主人公。
4. 克呂泰涅斯特拉：古希臘悲劇，埃斯庫羅斯（Aeschylus, 525-456 BC）所著《阿伽門農》（*Agamemnon*）的女主人公。
5. 安蒂岡妮：古希臘悲劇，索福克勒斯所著《安蒂岡妮》（*Antigone*）的女主人公。
6. 費德拉：拉辛的悲劇《費德拉》（*Phaedra*）的女主人公。
7. 克瑞西達：莎士比亞的悲劇《特洛伊羅斯與克瑞西達》（*Troilus and Cressida*）的女主人公。
8. 羅莎琳：莎士比亞的喜劇《皆大歡喜》（*As You Like It*）的女主人公。
9. 苔絲狄蒙娜：莎士比亞的悲劇《奧賽羅》（*Othello*）的女主人公。
10. 馬爾菲公爵夫人：英國劇作家約翰．韋伯斯特的悲劇《馬爾菲公爵夫人》（*The Duchess of Malfi*）的女主人公。
11. 米拉芒特：英國喜劇作家威廉．康格里夫的《如此世道》（*The Way of the World*）的女主人公。
12. 克拉麗莎：英國小說家塞繆爾．理查遜的小說《克拉麗莎》（*Clarissa*）的女主人公。
13. 蓓佳．夏潑：英國小說家薩克萊的小說《浮華世界》（*Vanity Fair*）的女主人公。
14. 安娜．卡列尼娜：俄國小說家托爾斯泰的小說《安娜．卡列尼娜》（*Анна Каренина*）的女主人公。
15. 包法利夫人：法國小說家福樓拜的小說《包法利夫人》（*Madame Bovary*）的女主人公。
16. 蓋芒特夫人：法國小說家普魯斯特的小說《追憶似水年華》（*A la recherché du temps perdu*）的女主人公。

17. 約翰・奧布里（John Aubrey, 1626-1697），英國文物專家、博物學家、作家，出版過一本傑出人物傳記集。代表作：《不列顛歷史遺跡》（*Monumenta Britannica*）、《名人小傳》（*Brief Lives*）。

18. 喬安娜・貝利（Joanna Baillie, 1762-1851），蘇格蘭劇作家、女詩人。代表作：《蒙特福特》（*De Monfort*）、《激情劇作》（*Plays on the Passions*）、《逃亡詩篇》（*Fugitive Verses*）。

19. 埃德加・愛倫坡（Edgar Allan Poe, 1809-1849），美國詩人、小說家、文學評論家。代表作小說《黑貓》（*The Black Cat*）、《厄舍府的沒落》（*The Fall of the House of Usher*），詩《烏鴉》（*The Raven*）、《安娜貝爾・李》（*Annabel Lee*）。

20. 羅伯特・彭斯（Robert Burns, 1759-1796），蘇格蘭浪漫主義運動先驅，著名的農民詩人，一生貧困。

21. 愛德華・費茲傑羅（Edward Fitzgerald, 1809-1883），英國詩人、作家。代表作：從波斯文譯的《魯拜集》（*Rubaiyat of Omar Khayyam*）。

22. 柯勒・貝爾是夏綠蒂・勃朗特的筆名。她和妹妹艾蜜莉和安妮於一八四六年出版詩集《柯勒・貝爾、艾理斯・貝爾、阿克頓・貝爾詩集》（*Poems by Currer, Ellis, and Acton Bell*），一八四七年再以此為筆名將《簡愛》投稿出版社。

23. 喬治・桑（George Sand, 1804-1876，原名 Amantine Lucile Aurore Dupin），法國著名小說家，在巴爾扎克時代獨樹一幟，一生寫了二四四部作品，一百卷以上的文藝作品、二十卷的回憶錄《我的一生》（*Histoire de ma Vie*）以及大量書簡和政論文章。代表作：《安蒂亞娜》（*Indiana*）、《魔沼》（*La Mare au diable*）等。

24. 伯里克利斯（Pericles, 495-429 BC，又譯為培里克里斯），古雅典政治家，雅典黃金時期具有重要影響的領導人，在希波戰爭後的廢墟中重建雅典，扶植文化藝術。

25. 這狗是我的，原文為法語。

26. 湯瑪斯・卡萊爾（Thomas Carlyle, 1795-1881），英國歷史學家、散文作家、評論家。代表作：《法國大革命》（*The French Revolution*）、《論英雄與英雄崇拜》（*On Heroes and Hero Worship, and the Heroic in History*）等。

27. 語出華茲華斯的詩《革命與獨立》（*Revolution and Independent*）。威廉・華茲華斯（William Wordsworth, 1770-1850），英國浪漫主義詩人。代表作：《抒情歌謠集》（*Lyrical Ballads*）、《詠水仙》（*Daffodils*）。

28. 嘉曼・戴耶費爾（Germaine Tailleferre, 1892-1983），法國女作曲家。

29. 謝西爾・格雷（Cecil Gray, 1895-1951），英格蘭音樂評論家、作家、作曲家。

30. 南丁格爾（Florence Nightingale, 1820-1910），英國護士，出身於上流社會，一八六〇年成立了世界上第一個非修道院形式的護士學校，現為倫敦國王學院的一部分，奠定了基礎護理學專業。她的生日（五月十二日）被定為國際護士節日。

31. 約翰・多恩（John Donne, 1572-1631），英國詩人。代表作：《歌與十四行詩》（*Songs and Sonnets*）。

32. 班・強生（Ben Jonson, 1572-1637），英國劇作家、詩人。代表作：《狐波尼》（*Volpone*）、《煉金術士》（*The Alchemist*）。

任何人，寫作時總想著自己的性別，
都會犯下毀滅性的錯誤。

Virginia Woolf.

# 04

你不可能在十六世紀找到任何一位女性能有這種心境。

只要想想伊莉莎白時代的墓碑雕像上的孩童合掌跪地，想想孩子們的早夭，再看看他們家中陰暗、狹窄的小房間，你就能明白：那時候的女人沒可能吟詩作歌。你只能指望晚近年代裡興許有位富貴人家的淑女，倚仗著相對而言的自由和閒適，將自己的作品署名出版，情願冒著被人視作怪物的風險。

當然，男人不都是勢利眼——我要很謹慎地說下去，以免和麗貝卡·韋斯特一樣成了「十足惡劣的女權主義者」——但他們多半是帶著同情心去嘉許某位伯爵夫人在詩歌創作上的不懈努力。

你極有可能發現一位有頭銜的女士得到更多鼓勵與讚揚，遠遠超過某位不為人知的奧斯汀小姐或勃朗特小姐在那個時代可能得到的所有美言。但你也很可能發現，她的心境被諸如恐懼、憤恨等外界情緒干擾，而這在她的詩作的字裡行間都有跡可循。

就拿溫切爾西夫人[1]來說吧，想到這裡，我從書架上取出她的詩集。她生於一六六一年；出身於貴族世家，繼而嫁入貴族名門；她沒有子女；她寫詩，但一翻開她的詩卷就能聽到她在女性地位的問題上所宣洩的吶喊：

我們沉淪到何等地步！沉淪於錯誤篤信的陳規，
是教養令人愚昧，而非天生如此；
被阻擋在一切令心智發展的進步之外，
就這樣變得呆滯無知，如人所願，聽任擺布；
若有人想脫穎而出，
心懷更熱切的夢想，張揚勃勃野心，
必會遭到一派強烈阻撓，

渴望發展的希望，終不能敵過恐懼。

顯然，她的心境絕不能算「盡除雜念，澄明清淨」，而是徹底相反：怨恨不平令她惱怒，令她分心。在她心中，人類分為兩派。男人是「強烈阻撓」的那一派；男人可惡又可怕，因為他們有權力阻撓她奔向心之所向——也就是，寫作。

啊！一個嘗試握筆書寫的女人，
被認定是肆意妄為的怪物，
無論什麼美德都救贖不了這種過錯。
他們說，我們錯用性別，有失儀態；
優美的禮儀、時尚、舞蹈、裝扮和遊樂，
才是我們理應追求的成就；
寫作、閱讀、思考，或是探索，

會令我們的美貌失色，年華耗盡，
讓追求我們青春的人望而卻步，
但呆板地打理無趣的家務事
卻被認為是我們最高的藝術、最大的用處。

其實，她不得不假定自己的作品永遠不會出版，才能自勉於創作。再以哀傷的吟詠來撫慰自己：

對著寥寥數友與自己，吟出哀歌，
因妳從未覬覦月桂成林；
隱於幽暗樹影下，妳該心滿意足。

但顯而易見的是，假如她能夠令心境從憤恨和畏懼中解脫出來，別再令心靈充滿痛苦和怨懟，她的心就仍像熾燃的火焰，字裡行間就會流露出純粹的詩意：

褪色的絲線永織不出，
無可仿效的朦朧玫瑰。

她的詩句得到了穆瑞先生[2]的讚許，這是很公允的。據說還有波普，他不僅記住了這些詩，還曾在自己的詩中仿效了這幾句：

此時的黃水仙戰勝了虛弱的頭腦；
我們昏沉在芬芳的痛楚中。

可以寫出這樣的詩句，與自然和諧、與思想同步的女人，卻被逼到發怒發恨，這實在令人遺憾。但她又能怎麼辦呢？想到旁人的冷嘲熱諷、諂媚者的奉承、職業詩人的疑忌，我不禁如此自問。

想必，她是把自己關在鄉間小屋裡寫作的，就算她的丈夫對她體貼入微，婚姻盡善盡美，恐怕還是會因顧慮和苦澀而心碎。我說「想必」，是因為但凡有人想探尋溫切爾西夫人的史料，照例會發現，我們對她也幾乎一無所知。她飽受憂鬱之苦，關於這一點，我們倒是有幾分把握，因為她的詩句分明在告訴我們，陷入憂鬱時她有怎樣的想像：

我的詩句備受詆毀，
我的努力任人非議
是愚蠢的徒勞，或放肆的過錯。

然而，任何人都能看出來，這所謂遭人非議的努力，不過是無傷大雅的田間漫步和遐想：

我的手樂於追索非凡物事，

遠離司空見慣的套路，
褪色的絲線永織不出，
無可仿效的朦朧玫瑰。

如果這是她的樂趣所在、習慣使然，那理所當然會被人嘲笑；據說波普或蓋伊[3]就曾諷刺她是「忍不住亂寫一通的女才子」。還是據說，她也曾嘲笑過蓋伊，因此得罪了他。她說他的詩作《瑣事》表明「他更適合抬轎子，而不是坐在轎子裡」。不過，這都是「不可輕信的流言蜚語」，穆瑞先生這樣說，而且「很無趣」。

但在這件事上，我不敢苟同於他，反倒認為即使是「不可輕信的流言蜚語」也是多多益善，以便我能找出，甚或拼湊出這位憂鬱夫人的模樣；她喜歡在田間漫步，喜歡對非凡物事產生奇思妙想，還會犀利、輕率地鄙視「無趣的家務事」。但穆瑞先生說她漸失章法。她任才華散漫蕪雜，如同雜草遍長，荊棘束繞；再也沒有機會展露出早先那種才華橫溢的詩情。

於是，我把她的詩集放回書架，轉而去看另一位貴婦人：被蘭姆愛戀的紐卡斯爾公爵夫人，沒有心機、耽於幻夢的瑪格麗特[4]，她比溫切爾西夫人年長，不過也算同時代人。她們兩人非常不同，雖然同為貴族，都沒有子嗣，也都嫁給了最好的丈夫。兩人都對詩歌有滿腔熱忱，也一樣為此形容憔悴，身心俱傷。

翻開公爵夫人的書，也一樣能看到怒火噴發：「女人像蝙蝠或貓頭鷹般生活，像牲畜般勞作，像蟲子般死去……」瑪格麗特也一樣，本可以成為詩人；若是在我們這個時代，像她那樣勤勉的人總可以推動某個領域的發展。

但在那個年代，有什麼能束縛、馴服或教養那般狂野、充沛而又未經雕琢的智慧，令其為人所用呢？那般才智竟只能兀自噴薄，肆意流淌，雜亂無章地匯流於韻文和散文、詩歌與哲學的激流中，凝固在無人問津的四開本或對開本裡。本該有人把顯微鏡遞到她手中。本該有人教她仰望星空，並以科學的方法去思考。

她的才智是在孤獨與自由中發展的，沒有人指正，也沒有人教導，只有學者們的逢迎，宮廷裡的奚落。埃傑頓・布瑞格斯爵士[5]抱怨她的粗鄙——「竟來自一位出身名門、又在宮廷中得到教養的貴婦」。她就將自己幽禁在維爾貝克了。

這位瑪格麗特・卡文迪許會讓人想到何其孤獨、又何其混亂的畫面！似有一株巨大的黃瓜在花園裡猛長，壓覆了玫瑰和康乃馨，令它們窒息而亡。這個曾寫出「最有教養的女人莫過於心智最開明的女人」的女人卻把時間虛擲於塗寫廢話，甚而在昏聵荒唐中愈陷愈深，以至於她出行時會有人圍堵她的馬車，蜂擁窺視，這是何等的暴殄天物。顯然，這位瘋狂的公爵夫人已被視為老妖婆，足以嚇唬那些聰明的女性。

這時，我想起多蘿西・奧斯本[6]曾在寫給坦普爾的信中提及公爵夫人的新作，便放下公爵夫人的書，打開了多蘿西的書信集。「這個可憐的女人果真有點錯亂了，要不然也不至於如此荒唐，竟大膽地去寫書，寫的竟然是詩集，就算我兩個禮拜不睡覺，也決不會做出這種事。」

既然神志清醒的端莊淑女不能寫書，所以，多蘿西，這位敏感又憂鬱，性情和公爵夫人大相逕庭的女人就什麼都不曾寫過。寫信並不算寫作。女人盡可以安坐在父親的病榻旁寫信，也盡可以在爐火旁寫信，不去打擾男人們的交談。

但奇怪的是，我一邊翻看多蘿西的信件，一邊讚歎這位無師自通、籍籍無名的女性在遣詞造句、描摹場景的方面頗有天資。且聽聽她所寫的：

「吃過飯，我們坐著閒聊，直到他們說到B先生我才離開。一天裡最熱的時段就在讀讀書、做做事中打發了，大約六、七點鐘，我走出家門，到了附近的公地，好多年輕的鄉下女性在那裡放羊、放牛，她們都坐在樹蔭下唱民謠。我走過去，將她們的嗓音和美貌比照我在書上讀到的古代牧女，我發現兩者大不相同，但請相信我，她們的天真無邪和古代牧女完全一樣。我和她們聊起來，發現她們無欲無求，只想讓自己成為世上最快樂的人。我們聊天的時候，常有一位女性東張西望，發現她家的牛跑進了田裡，不一會兒她們就都跑光了，好像腳後跟長了翅膀。而我呢，沒那麼身手矯捷，只有待在那裡，等我看到她們把牛羊都趕回家時，我想我也該回家了。吃過晚飯，我去了花園，走到小河邊就坐了下來，但願你就在我身邊……」

你可以指天發誓：她確實有寫作的潛質。可惜，「就算我兩個禮拜不睡覺，也決不會做出這種事」——就連極具寫作才能的女人都能說服自己相信寫書是荒唐事，甚至會暴露自己的錯亂，你就能明白：反對女性寫作的聲音是何等不絕於耳。

所以，我又把多蘿西·奧斯本那本薄薄的信札放回書架，換成了貝恩夫人[7]的書。

貝恩夫人的出現，意味著我們來到了一個非常重要的轉捩點。我們把那些幽居的貴婦留在身後吧，把她們的對開本留在花園裡吧，她們寫書不過是自娛自樂，既沒有讀者，也得不到評論。我們要來到城裡，和街上的普通百姓摩肩接踵。

貝恩夫人是中產階級女性，普通百姓的種種美德她都有：風趣、活潑、勇敢。因為丈夫身故、自己的生意失敗，她不得不靠才華來謀生路。她不得不和男人們一樣，在同等條件下謀生。她非常勤奮地賺錢，因而生活無憂。

這一點極其重要，甚而比她寫出的作品本身更重要——甚至包括傑出的詩作《千次殉道》和《愛在奇妙的勝利中》——因為就是從這一點出發，心智終獲自由；也不妨這樣說：從這一點出發，假以時日，被解放的心智就有可能隨心所願，寫出真心想寫的詩句。

既然阿芙拉·貝恩做出了榜樣，女性們就能去跟父母說，你們不用再給我零花錢了，我可以靠筆桿子養活自己。但事實上呢？貝恩夫人過後的很多年裡，女性們得到的回答依然是：「好啊，像阿芙拉·貝恩那樣過日子！那還不如死了好！」話音未落，門也被迅速甩上，快得前所未有。

在此，似乎有必要討論一個意義深遠的有趣話題，即：男人如此看重女性的貞操守節，甚而影響了對女性的教育，若有格頓學院或紐納姆學院的學生願意深入研究一下，興許會寫出一本妙趣橫生的書來。

書的卷首插圖可以用這幅畫：達德利夫人珠光寶氣地坐在蚊蟲紛飛的蘇格蘭荒野中。達德利夫人辭世的那天，《泰晤士報》撰文寫道：達德利勳爵是「一位品味高雅，多才多藝的先生，心地慈悲，樂善好施，卻專橫得離奇。

他堅持要夫人盛裝打扮，即使是去蘇格蘭高地狩獵，在最偏僻的木屋裡也要如此。他為她戴上數不清的高貴耀目的珠寶」諸如此類，「他給了她一切，卻從不讓她擔負任何一點責任」。後來，達德利勳爵中風，她便一直服侍他，自此之後，以過人才幹打理他的莊園。時值十九世紀，那種離奇的專橫依然存在。

回到正題。阿芙拉．貝恩證明了一點：犧牲一些令人讚許的美德，或許就可以靠寫作賺到錢；如此一來，寫作也就漸漸不再被視為愚鈍或心智錯亂的標誌，而具有了切實可用的價值。

丈夫可能先死，家裡可能遭到天災人禍。自十八世紀伊始，數以百計的女性為了給自己賺點零花錢或補貼家用開始做翻譯，也寫了很多蹩腳的小說；那些書，在如今的教科書中是不被記載的，但在查令十字街「四便士一本」的舊書攤上還能找到。

到了十八世紀末期，女性的思想極度活躍——她們做演講、組織集會，撰文評論莎士比亞，翻譯經典著作——都基於一個顛撲不破的事實：女人可以靠寫作來賺錢。沒人付錢，物事就顯得輕薄；有人付錢，同樣的物事就有了身價。人們依然大可嘲笑她們是「忍不住亂寫一通的女才子」，但誰也不能否認，她們可以把錢放進自己的錢包了。

於是，到十八世紀即將結束時，轉變已發生，若由我來重寫歷史，我要充分描寫這一轉變，並且明確表態：其意義比十字軍東征或玫瑰戰爭更重大。

中產階級女性開始寫作了。

如果說《傲慢與偏見》很重要，《米德鎮的春天》、《維萊特》和《咆哮山莊》也都不可忽視，那麼，女性寫作的意義就遠遠不是我在這一小時講演中所能證明的，因為其意義在於：不僅僅是那些幽閉鄉野、在自己的對開本和外人的逢迎中孤芳自賞的貴婦們，而是從整體上而言，女性群體開始寫作了。

沒有那些先驅，珍・奧斯汀、勃朗特姊妹和喬治・艾略特就不會寫出她們的作品，正如莎士比亞不能沒有馬婁，馬婁不能沒有喬叟，而喬叟也不能沒有那些已被遺忘了的詩人，是他們雅馴了自然語言中的粗鄙之處，為後人鋪平了道路。所有的傑作，都不是孤立地橫空出世的，而是經年累月共同思考的結果，是群體智慧的結晶；單一的作品發聲，但響徹其後的是眾人經驗的共鳴。

珍．奧斯汀應該在芬妮．伯尼的墓前獻上花環，喬治．艾略特應向具有強大影響力的伊莉莎白．卡特[8]——那位勇氣可嘉的老婦人堅持在床頭拴鈴鐺，催促自己早起學希臘文——致以敬意。

而所有女人都應當去阿芙拉．貝恩的墓前獻花，雖然她被葬在西敏寺一事曾令世人驚愕訕笑，但其實是極妥當的，因為正是她為所有女性贏得了表達心聲的權利。儘管她名聲不佳，情事風流，卻正是因為她，我今晚叫妳們用自己的智慧每年賺五百英鎊才不至於像是異想天開。

好，現在我們到十九世紀初了。在此，我第一次發現，有幾個書架上擺放的全是女作家的書。但我掃視書架後，不禁想問：為何除去極少數的幾本，她們寫的全是小說？

文學創作最初的衝動應該是作詩。「詩歌之尊」就是一位女詩人[9]。在法國和英國，女詩人的地位都要高於女小說家。

再看看那四個著名的作者名，喬治・艾略特和艾蜜莉・勃朗特有何共通之處？夏綠蒂・勃朗特不是完全無法理解珍・奧斯汀嗎？她們都沒有孩子，但除了這一點，似乎沒辦法把她們聯繫在一起了，就像四個格格不入的人物無法湊成共處一室的場面——正因為這樣，臆想她們相聚並相談才顯得格外誘人。

然而，不知受了什麼力量的左右，她們一旦動筆，竟然都寫起了小說。

我在想，這和她們都出身於中產階級有關嗎？和十九世紀初的中產階級家庭共用一間起居室有關嗎——也就是後來的艾蜜莉・戴維斯小姐[10]所極力論證過的事實？女性要寫作，只能在家庭成員共用的起居室裡寫。恰如南丁格爾小姐所憤慨抱怨的——「女人就沒有半小時……是屬於自己的」——總有人打擾她。但即便如此，相比於寫詩或戲劇，在起居室裡寫散文和小說終究是要容易一點，所需的專注力也沒有那麼多。

珍．奧斯汀就這樣寫了一輩子。她的侄子在為她撰寫的回憶錄中寫道：「她能完成這一切，著實令人驚歎，畢竟，她沒有單獨的書房可用，大部分作品想必都是在共用的起居室裡完成的，時不時被各種情況打斷。她很謹慎，不讓僕人、訪客或是任何外人對她的寫作事業有所猜疑。」*珍．奧斯汀會把手稿藏起來，或是用張吸墨紙蓋住。

而且，在十九世紀初，女性接受的所有文學訓練都在於觀察人物、分析情感。幾個世紀以來，女性的感知力一直都在人來人往的起居室中受到薰陶。人們的喜怒哀樂給她留下了深刻的印象，各式各樣的人際關係始終在她眼前流轉。因此，中產階級女性開始寫作，自然而然的，就會去寫小說。但雖說如此，我們剛才提到的那四位著名女作家中，其實有兩位並非天生的小說家。艾蜜莉．勃朗特本該寫長詩劇作，喬治．艾略特應把她磅礴的思想施展在歷史或傳記的寫作中，並同時揮灑創造力。

然而，她們寫的都是小說；不僅如此，她們還寫出了相當優秀的小說，想到這裡，我把《傲慢與偏見》從書架上拿了下來。我們完全可以不帶誇耀也不至於讓男性難堪地說，《傲慢與偏見》是一部好小說。

無論如何，假如有人發現妳在寫《傲慢與偏見》，妳絕對不必感到羞怯。可是，門軸吱嘎作響卻會讓珍．奧斯汀慶幸，因為別人還沒進屋，她來得及藏起手稿。在珍．奧斯汀看來，寫《傲慢與偏見》多少有點見不得人。

我倒是很想知道：要是珍．奧斯汀認為不必在訪客面前掩藏手稿，《傲慢與偏見》會不會寫得更精彩？我讀了一兩頁，但找不到任何跡象能證明生活環境影響了她的創作，一絲一毫都沒有。

原著注

*《回憶珍．奧斯汀》由她的侄子詹姆士．愛德華．奧斯汀－利著。

這，或許才是此書神奇之所在：一個女人在一八〇〇年前後寫作，心裡既無怨恨，也無辛酸，沒有恐懼，也沒有抗議或說教。

我看著《安東尼與克莉奧佩特拉》，心想，莎士比亞就是這樣寫作的。當人們將莎士比亞與珍．奧斯汀相提並論時，所對照的重點應該是兩人創作時都是心無雜念；但也正因為這樣，我們並不瞭解珍．奧斯汀，也不瞭解莎士比亞；正因為這樣，珍．奧斯汀本人融入了她所寫的字裡行間，莎士比亞也一樣。

要說那樣的環境給珍．奧斯汀帶來什麼不利因素，那就是：將她限制於一種狹隘的生活。那時候的女人不可能獨自出門閒逛。她未曾旅行，未曾乘馬車穿行於倫敦，也未曾獨自在餐廳裡用餐。不過，得不到的那一切，珍．奧斯汀也未必想要，這可能就是她的天性。她的天賦與她的處境完全契合。

但我懷疑夏綠蒂．勃朗特的情況與之不同，現在我翻開了《簡愛》，把它擱在《傲慢與偏見》的旁邊。

我翻到了第十二章，看到了「招來某些人的非議」這句話，我真是納悶，夏綠蒂・勃朗特有什麼能讓人非議呢？我讀到簡愛趁費爾法克斯夫人做果凍的時候爬上了屋頂，眺望遠方的田野。然後，她開始渴望——就是因為這個，勃朗特才會被人非議——

「我渴望擁有超越這一切的視野，直抵繁華的世界，那些我雖有所聞，卻從未目睹過的喧囂城鎮和地區。我也渴望擁有比眼下更豐富的閱歷，結交更多與我意氣相投的人，見識到更多形形色色的個性。我很珍視費爾法克斯夫人的美德、阿黛兒的優點，但我相信世上還存在更顯著的德性，凡是我信奉的，我都渴望能親眼目睹。

「誰會有所非議呢？無疑會有很多人說我貪心，不知足。但我又能怎麼辦呢？我天生就有不安、不滿的心靈，時常煩擾，讓我痛苦……

「強調人類應當滿足於平靜的生活，無異於徒勞的空話。人應當有所行動，要是找不到機會，那就該自己創造。

「與我眼下的處境相比，成千上萬的人注定要承受更寂滅的生活，也有成千上萬的人在默默反抗既定的命運。在這塵世間，芸芸眾生之中，沒有人知道有多少人在醞釀著這種抗爭（我們暫且不提政治性的反抗）。

「世人總認為，女人應當安安靜靜，但女人的感受跟男人的一樣；女人和兄弟們一樣，也需要發揮自己的才能，也需要有用武之地；如果受到太嚴厲的束縛，過著絕對一成不變的生活，女人也會和男人一樣感到痛苦；如果那些得天獨厚、占盡先機的男人們說女人們只消滿足於做布丁、織長襪、彈鋼琴、繡花布包，那他們的心胸也未免太狹隘了；如果女人希望打破常規，獲得世俗認定女性應守的規範之外的更多學識和成就，為此譴責或譏笑她們的人也未免太輕率了。

「那些時刻，我獨自一人，常常聽到葛瑞絲．普爾的笑聲……」

我覺得這是一處生硬的轉折。突然扯出葛瑞絲．普爾，未免讓人掃興。行文的連貫被打斷了。

我把這本書擱在《傲慢與偏見》的旁邊，繼而想到，人們或許會說，寫出這段文字的女人要比珍．奧斯汀更有才華，但如果你把這段話從頭到尾地讀完，留意到文字間的突兀急轉，留意到那種激憤，你就會明白，她永遠無法把自己的才華完整而充分地表達出來。她的作品注定會扭曲，會變形。行文本該冷靜，她卻帶了怒火去寫。本該筆藏機鋒，她卻寫得愚笨。本該塑造角色，她卻寫了自己。她是在對抗命運。她怎能不受盡箝制和壓抑，乃至早早離開人世呢？

我忍不住開始玩味一個念頭：要是夏綠蒂．勃朗特每年能有三百英鎊，那會怎樣呢？——但這個笨女人以一千五百英鎊一次性賣斷了幾本小說的版權——如果她對這個大千世界、對那些充滿活力的城鎮鄉郡多一些瞭解，多一些人生閱歷，與更多同道中人多些交往，結識更多各色人等，那又會怎樣呢？

在那段文字中，她不僅指出了自己作為小說家的不足，也點明了那個時代所有女性的欠缺之處。沒有人比她更清楚，如果不是在寂寥地眺望遠方的田野中消磨天賦，如果允許她去體驗、去交際、去旅行，她的才華將會換取何其豐盛的收穫。

但她不能去，這些事都是不被允許的，都是被禁止的，我們只能接受一個事實：《維萊特》、《艾瑪》、《咆哮山莊》、《米德鎮的春天》，寫出這些出色小說的每一個女人都沒有更多閱歷，頂多只能進出體面的牧師的家門；這些小說都是在體面家庭裡的共用起居室裡寫成的；而這些女人們窮得連紙都不能一次多買幾疊，好去寫《咆哮山莊》或《簡愛》。

沒錯，她們中的一位，喬治·艾略特，在歷經磨難後終於擺脫了這種困境，但也只能隱居在聖·約翰森林中人跡罕至的別墅。

即便隱居在那裡，她依然處在世人非議的陰影之下。「希望人們可以理解，」她這樣寫道，「任何未曾請求前來的人，我都不會邀來看我。」這難道不是因為她和一個有婦之夫同居嗎？就算只是看她一眼，不就會折損史密斯夫人或任何順路拜訪的人的清白嗎？她必須屈從於社會習俗，必須「自絕於所謂的塵世」。

而與此同時，在歐洲的另一邊卻有一位男士，時而毫無顧忌地和這個吉普賽女人或那位貴婦名媛廝混一處，時而奔赴戰場，隨心所欲、無拘無束地經歷豐富多采的人生，再後來，當他開始寫書的時候，這一切都成了不可多得的素材。

要是托爾斯泰也與一位「自絕於所謂的塵世」的有夫之婦隱居在修道院裡，無論從中得到的道德教訓是多麼啟迪人心，我想，他恐怕無論如何也寫不出《戰爭與和平》了。

不過，對於「小說創作」以及「性別之於小說家的影響」，我們或許還可以深入探討一下。

不妨閉上雙眼，把小說想像成一個整體，就會發現，小說是造物，卻擁有某種鏡面屬性，能映照出生活本身，當然，也有無數簡化和變形的部分。無論如何，小說是一種可以在人心中投下其形態輪廓的結構體，時而是方形，時而是塔狀，時而向外伸出側翼和拱廊，時而向內收縮成君士坦丁堡的聖索菲亞大教堂那樣的緊湊拱頂。

我回憶起幾部著名的小說，心想，最初，這種形態始於與之相稱的某種情感。但這種情感立刻就會融入別的情感，因為，這種形態的構成並非基於磚石與磚石的壘砌，而是由人與人的關係造就的。

由此，一部小說會在我們心中激起各種矛盾對立的感情。與生活相牴觸的，是生活以外的東西。所以，談及小說好壞時，人們難以達成一致，個人的好惡偏見會讓我們搖擺不定。一方面，我們覺得你——主人公約翰——必須活下去，要不然，我會悲痛欲絕。但另一方面，我們又覺得，唉，約翰，你必須要死，因為這是小說的形態所必需的。

與生活相牴觸的，是生活以外的東西。既然生活部分地反映在小說中，我們就將小說當作生活去評判。有人會說：我最討厭詹姆士這種人。或是：這真是一派胡言亂語，我自己從沒有過這種感受。想想任何一部經典小說就能明白，整體結構顯然是無限複雜的，因為那是由眾說紛紜的判斷、各式各樣的複雜情感所構成的。

令人驚奇的是，如此寫就的小說卻顯得渾然一體，一兩年內就廣為流傳乃至長盛不衰，英國讀者所領會到的意思，可能和俄國讀者、中國讀者所領會到的並無二致。不過，能達到渾然一體的境界的書非常稀少。

在這些罕見的傳世之作中（我想到的是《戰爭與和平》），能讓不同的判斷和情感完美契合的就是人們常說的「真誠」，當然，這和不賴帳、危難時保持體面磊落之類的事沒有關係。

我們所說的，是小說家的真誠，是指小說家讓人相信：這是真實的。讀者會想，沒錯，我永遠想不到事情會是這樣，我從沒見過有人會那樣做；但你讓我相信了，那好吧，就讓事情這樣發生吧。

我們閱讀時，會將書中的每一句話、每一個場景都湊到亮光下打量——這非常奇妙，大自然似乎給予我們一種內在的光亮，可以讓我們看清小說家是誠實還是虛偽。也可能，是大自然在最不理性的衝動下，用隱形墨水在心智的四壁寫下了預兆，等待這些偉大的藝術家來印證：只有在天才的火光照耀下，一筆一畫才能顯形。昭然若揭時，你眼看著隱言復現，必會歡呼：

這不正是我一直感受、瞭解並且渴望的嗎?!你心潮澎湃,近乎崇敬地合上書頁——彷彿那是一樣可以重溫再品、終生受用的珍寶——再把它放回書架。我就是這樣拿起《戰爭與和平》再放回原處的。

但也有另一種可能,你讀到、品到的是蹩腳的句子,初讀時讓你產生熱切共鳴的只是浮誇的瑰麗詞藻,並且止於詞藻;似乎有什麼在檢驗它們能否往深遠裡發展,或是揭露出那個邊角裡的幾筆淡淡的塗寫,這裡的一團塗汙,沒有完整、充分的整體,那你只能失望地歎息一聲,說,又是一部失敗之作,這部小說裡有敗筆。

當然,大多數情況下,小說都會有敗筆。想像力過於緊張,不堪重負,搖搖欲墜。洞察力也混淆不清,不能再辨明真假,無力維繫這種時時刻刻都要求調動不同才能的繁重勞作。

但看著《簡愛》和其他小說時,讓我思忖的是:小說家的性別怎麼會影響到凡此種種?女小說家的性別怎麼能妨礙她的真誠,亦即我所以為的作家的脊骨？

從我摘自《簡愛》的那段文字中可以清楚地看到，怒氣削弱了小說家夏綠蒂·勃朗特的誠摯。她偏離了本該全心全意去寫的小說，轉而去宣洩個人的積怨。她想起自己本該經歷卻極度欠缺的生活——她想自由自在地周遊世界，卻不得不困在某個教區牧師的家中縫補襪子。憤恨油然而生，她的想像力也因此偏離正道，而我們察覺得到這種偏離。

更何況，她的想像力不僅因憤怒牽扯而被引入歧途，還受到了很多別的影響。譬如說：無知。羅徹斯特的形象好比是在黑暗中畫就的。我們能感受到那幅畫面中的恐懼感；同樣，也能始終感受到尖酸刻薄——那是壓抑的結果，是鬱積在她激情之下的暗火，是讓這些出色的小說痛苦痙攣的怨怒。

小說就是這樣與真實生活緊密相連的，因此，從某種程度上來說，小說的價值觀等同於真實生活的價值觀。

顯而易見的是，女性和男性所創造的價值常常很懸殊，有一種天經地義的差別；但占據主導地位的卻總是男性價值觀。簡而言之，足球和體育是「重要的事」，崇尚時尚、添置衣裝則是「瑣事」。

這類價值觀不可避免地從生活進入了小說。評論家會說，這本書意義重大，因為它論及戰爭；那一本就無足輕重，因其描寫的是客廳裡——眾女眷的情感。戰場上的場景顯然比商店裡的場景更重要——價值的微妙差異隨處可見。

因此，論及十九世紀早期小說的整體構造，如果作者是女性，她在構思時就得稍稍扭轉原本的思路，還就世人公認的標準，改變自己原有的見解。只需翻開那些已被遺忘的舊小說，聽一聽其中的語氣，便知道作家是在順應評論界；她要麼逞強，要麼示弱；要麼承認自己「不過是個女人」，要麼又抗議說她「跟男人不相上下」；要麼溫順羞怯，要麼激憤發怒，如何應付批評，全由她的性情而定。

但無論態度怎樣，她所關心的都不是作品本身。

她的書，就是我們的前車之鑑。核心裡有缺陷。我想到，所有這些女人寫的小說散佚於倫敦的舊書店，儼如果園裡的長著疤痕的小蘋果。核心裡的缺陷令它們整個爛掉。她為了迎合別人的意見，改變了自己的價值觀。

不過，恐怕也不可能讓她們不那樣左右搖擺。在男權一統天下的社會裡，面對所有那些批評，要有何等的才華，何等的真誠，才可能不為所動，毫不退縮地堅持自己的主見？

只有珍·奧斯汀和艾蜜莉·勃朗特做到了。

在她們應得的冠冕上，還有一根或許是最精美的翎羽：她們用女人的方式寫作，沒有像男人那樣去寫。

那個年代，成百上千的女性小說家中，只有她們，毫不理會那些頑固不化的學究們一成不變的訓誡——要這樣寫，該那樣想。只有她們，對喋喋不休的聲音充耳不聞——時而埋怨，時而訓教，時而專橫，時而悲憫，時而震驚，時而憤怒，時而慈祥地諄諄教誨，這些聲音就是不肯讓女性有片刻安寧，非要對著她們發聲，像一本正經的女教師，或像埃傑頓·布里奇斯爵士那樣，時時刻刻對她們耳提面命，要她們溫文爾雅；甚至把對性別的評判*也納入詩歌批評之中，告誡她們，如果想要出類拔萃，甚或贏得炫目的獎項，那就必須在那位紳士認為妥當的範疇內循規蹈矩，「……女性小說家只有勇敢地承認其性別帶來的侷限，才能去渴求傑出的成就。」**

這句話一針見血，道破了這個問題的真相，而我要告訴妳們：這並非寫於一八二八年八月，而是一九二八年八月。妳們一定會大吃一驚，我想妳們也會同意，不管這句話現在讀來是多麼好笑，但在一個世紀前卻代表著更有說服力、更為人津津樂道的主流觀點——我並不打算翻舊帳，只是隨機緣巧合，看到什麼就說什麼。

回想一八二八年，一個年輕女人必須意志堅定，才能抵制所有那些非議、苛責，甚或獎賞的誘惑；她必須有叛亂者般的蠻勇，才能煽動自己：哎呀，但他們無法收買文學。文學對每個人都敞開大門。我不許你把我趕出這塊草坪，即使你是學監；

要把圖書館鎖上，你就鎖上吧，
但你鎖不住我自由的心智，
因為那是沒有門、沒有鎖、沒有閂的。

然而，不管那些打擊和批評對她們的創作帶來怎樣的影響——我相信那是極大的影響，和她們（我這時所想到的仍是十九世紀初的小說家們）將思緒訴諸筆端之時面對的另一種困難相比，就顯得無足輕重了。

原著注

*「（她）沉迷於一種形而上的目的，這種執迷對女人來說尤其危險，因為只有極少數女性能像男性那樣，在東愛修辭的時候能保有健全的態度。女人在這方面的欠缺是很奇怪的，畢竟，她們在別的方面通常比男性更簡單、更物質化。」《新標準》（*New Criterion*），一九二八年六月。

**「妳若像那位記者一樣，也就會相信：女性小說家只有勇敢地承認其性別帶來的侷限，才能去渴求傑出的成就（珍·奧斯汀［已經］向我們展示了，她是如何優雅地做到這一點……）。」《生平與書信》（*Life and Letters*），一九二八年八月。

那種困難就是：她們沒有以往的傳統可循，即使有，也歷時太短、涉及面窄，所以對她們沒什麼幫助。身為女人，我們只能透過母親去回溯過去。妳或許可以從偉大的男作家那裡獲得些許樂趣，但向他們求助只會是徒勞。蘭姆、布朗、薩克萊、紐曼、斯特恩、狄更斯、德‧昆西——不管是誰——都未曾幫助過女作家，即使她可能從他們那裡學到了幾種巧妙的技法，並挪用在自己的書中。男性思維的分量、速度、跨度都和她的大相逕庭，所以，她很難從中提取什麼現成的東西。畫虎不成反類犬。

也許，她下筆時首先意識到的或許就是：沒有一句現成的句式可供她使用。像薩克萊、狄更斯、巴爾扎克這樣偉大的小說家的文筆都很自然，流暢但不輕率，富於表現力但不矯揉造作，各有特色但雅俗共賞。

他們在小說中都使用當時流行的句式。十九世紀初流行的句式大概是這樣的：「他們作品之偉大，在於其立論絕不半途而廢，勢必貫徹到底。再沒有比昇華藝術、不斷創造真與美更能讓他們興奮和滿足的事。成功催人奮進，習慣助人成功。」這是男性的句式，我們可以從中讀出詹森、吉本和其他男作家。

這種句子完全不匹配女性。夏綠蒂・勃朗特，縱有出色的散文筆法，手持如此笨拙的武器，都難免踉踉蹌蹌，跌個跟斗；喬治・艾略特，因此落下的敗筆非筆墨所能形容；珍・奧斯汀，看到這樣的句子只會冷笑一聲，再設計出自如合用、流暢自然、優美工整的句子，就那樣沿用下去了。因此，雖然論才華她比不上夏綠蒂・勃朗特，卻道出了無限深意。

的確，自由充分的表達是這門藝術的精髓所在，所以，傳統的缺失、工具的闕如與不當顯然影響到了女性的寫作。更何況，一本書的完成，並不盡然是把句子首尾相連那麼簡單，而是要用句子去構築，打個形象的比方，就是要構築出拱廊和穹頂。事實上，就連這一結構本身也是男人們出於自己的需要設計出來，為自己所用的。

我們沒有理由相信，史詩或是詩劇的形式比這種句式更適合女人。但是，在女性開始寫作之前，各種既有的文學形式便已定形、已堅固。只有小說這種體裁尚且年輕，在她手中尚且柔韌——這或許是她寫小說的另一個原因吧。可是，即使是現在，誰又能說「小說」（我給它加上引號，是因為我覺得這一名稱並不合適），這所有形式中最柔韌的一種，就是為她而打造，因而最適合她用呢？

毫無疑問，一旦她舉手投足都能隨心所欲時，我們便會發現，她會將之敲打成形，打造成最適合她用的樣子；她會創造出新的利器來表達內心的詩意，也未必是用韻文；因為這詩意至今仍然無法被傾訴。我又想到，如今的女性會如何來寫一齣五幕的詩歌悲劇？用韻文？還是寧可用散文體？

但這些難以解答的問題都在遙遙未來的朦朧晨曦中。

我必須將其擱置下來，因為它們誘惑我漸離正題，走進一片很容易迷路，甚至被野獸吞噬的荒蕪森林。這是我所不願的，我相信，妳們也不願聽我牽扯出這個悲觀的話題，亦即小說的未來。

所以，我要暫停片刻，請妳們注意，對女性來說，物質條件在小說的未來會扮演至關重要的角色。書籍，多多少少是要與體格相稱的，不妨這樣冒昧地說：與男人寫的書相比，女人寫的書理應更短小，更緊湊，布局謀篇也無須長時間聚精會神、不被打擾。因為打擾在所難免。

再說，男性和女性用於滋養思想的神經構造似乎也不相同，要讓它們全力以赴、出色地發揮作用，就必須找到最適宜的工作方式——比方說，這種數小時的長篇講座，據說是幾百年前的僧人發明的，是否適合我們的腦神經呢？頭腦需要怎樣交替工作和休息，保持張弛有度？也不要把休息當作無所事事，休息也是做事，只不過，做的是不同的事，那麼，不同的事區別何在？

這些問題都有待討論和探索，也都是「女性與小說」的一部分課題。於是，我再次走向書架，又想到，我要去哪裡才能找到女性對女性心理的深入分析？假如因為女人踢不好足球，就不讓她們去從醫——

幸運的是，我的思緒現在又轉向了別處。

## 譯者注

1. 溫切爾西伯爵夫人（Countess of Winchilsea, 1661-1720，本名 Anne Finch），英國女詩人，早年是查理斯二世王宮裡的命婦，後因拒絕效忠威廉王而離開宮廷，之後在鄉間居住二十餘年，安妮女王在位時期，她與家人才回到倫敦，發表詩集。

2. 約翰．米德爾頓．穆瑞（John Middleton Murry, 1889-1957），英國作家，非常多產，出版了六十餘部散文、評論和小說，與勞倫斯、艾略特等文人私交甚篤。

3. 約翰．蓋伊（John Gay, 1685-1732），英國詩人、劇作家。代表作：《乞丐歌劇》（*The Beggar 's Opera*）。

4. 瑪格麗特．卡文迪許（Duchess of Newcastleupon-Tyne, 1623-1673，全名 Margaret Lucas Cavendish），英國貴族出身的詩人、散文作家、小說家、劇作家、哲學學者、科學學者。代表作：烏托邦科幻小說《燃燒的世界》（*The Blazing World*），自傳《我的出生、教養及生活的真實關係》（*A True Relation of my Birth, Breeding, and Life*），自然哲學散文集《自然哲學基礎》（*Grounds of Natural Philosophy*）等。

5. 埃傑頓．布瑞格爵士（Sir Samuel Egerton Brydges, 1762-1837），英國詩人、小說家、傳記作家。

6. 多蘿西．奧斯本（Dorothy Osborne, Lady Temple, 1627-1695），英國貴婦，曾出版書信集。後文中的坦普爾即她的丈夫威廉．坦普爾爵士。

7. 阿芙拉．貝恩（Aphra Behn, 1640-1689），英國戲劇家、小說家、詩人，第一位以寫作為生的英國女性。代表作：長篇小說《歐魯諾克》（*Oroonoko*），詩集《李希達，潮流愛人》（*Lycidas: or, the Lover in Fashion*）。

8. 伊莉莎白．卡特（Elizabeth Carter, 1717-1806），英國女詩人、作家、語言學家、翻譯，是位多才多藝、勤勉不懈的博學家，享年八十八歲。

9. 詩歌之尊，指古希臘女詩人薩福，語出英國詩人斯溫伯恩（Algernon Charles Swinburne, 1837-1909）。

10. 艾蜜莉．戴維斯（Sarah Emily Davies, 1830-1921），英國女權主義者，曾參與創建英國第一所女子高等學府：劍橋大學格頓學院。

# 05

信步閒看後，我終於來到了擺放在世作家作品的書架前。既有女作家的，也有男作家的，如今，女人寫的書幾乎與男人寫的一樣多了。

也可以這樣說：事實不僅於此，如果說在兩性之中依然是男性較為健談，那麼，事實的另一面就是：女人不再只寫小說了。

書架上，有簡・哈里森的希臘考古學著作，弗農・李[1]的美學專著，格特魯德・貝爾[2]的波斯遊記；林林總總，包含了上一代女性從不曾涉及的各類話題，有詩歌、戲劇和評論，歷史和傳記，遊記和各種學術研究著作，甚至還有幾本哲學、科學和經濟學的著作。

雖然小說仍是主流，卻因為與其他著作有所關聯，自身也已經發生變化。

女性寫作史詩年代中的那種天然質樸或許已一去不復返。閱讀與批評或許已拓寬她的眼界，讓她的視角更細緻入微。或許已經宣洩了描寫自我的衝動。她或許已開始把寫作當成一門藝術，而不再是表達自我的方法。從這些新小說中，我們應該能找到對於此類問題的一些答案。

我從中隨意地抽出一本。

這本書就在書架的最頂端，有《人生冒險》之類的書名，作者是瑪麗・卡米克爾[3]。今年十月剛剛出版。

看上去是她的處女作，我自語道，但最好把它當作一套很厚的叢書的最後一本去讀，承續我剛剛瀏覽過的所有那些書——溫切爾西夫人的詩集、阿芙拉・貝恩的劇作，還有那四位著名小說家的傑作。這是因為書與書之間有連續性，即便我們習慣於單獨評判某本書。而我也必須把她——這位不知名的女作家——視為那些女作家的後裔，我剛才領略了她們的境況，現在可以看看她繼承了多少她們的特色和侷限。

因而，我坐下來，拿出筆記本和一枝鉛筆，看看我能從瑪麗・卡米克爾的第一部小說《人生冒險》中瞭解到些什麼；但一想到小說總像鎮痛劑，讓人沉昏麻木，而非解毒劑，如同用燒熱的烙鐵把人驚醒，我不免長歎一聲。

首先，我從上到下瀏覽了一頁。我對自己說，先要領會她的詞句，再去記誰的眼睛是藍色的、誰的是棕褐色的，還有克洛伊和羅傑可能是什麼關係。我得先弄清楚她手裡拿的是筆還是鋤頭，之後才有時間去關心細節。

於是，我念了一兩句話，很快就感覺到行文有失整飭。句子間流暢的銜接被打斷了。有什麼被撕裂了，有什麼被劃破了，時不時會迸出一個詞，在我眼中如火炬般刺眼。就像老戲中常說的，她是在試圖「放開手腳」。

我心想，她真像一個擦火柴的人，但那根火柴是點不燃的。

彷彿她就在我面前，我忍不住問道：為什麼珍・奧斯汀的句式對妳來說也不稱手？就因為艾瑪和伍德豪斯先生死了，那些句法也必須統統被拋棄嗎？

唉，如果真是這樣，我實在免不了歎息。

珍・奧斯汀的詞句就像莫札特的協奏曲，美妙的旋律婉轉相續，相形之下，讀這本書就如同坐在敞開式的小船裡渡海，一會兒顛升，一會兒墜跌。這種上氣不接下氣的急促感，或許意味著她心有所懼，或許是怕人說她「多愁善感」，又或許是她想到女性的作品曾被譏誚為「花稍」，因而故意添加了些荊棘。

我並不能肯定她是獨創一格，還是步「她人之塵」，直到我細讀了某個片段。細讀之後，我認為她並不會讓讀者乏味。但她堆砌了太多事實，以這本書的篇幅而言（只有大約《簡愛》的一半長度），一半素材都用不了。但她就是有辦法讓所有人──羅傑、克洛伊、奧莉維亞、托尼和比格漢姆先生──全部擠進一條溯流而上的獨木舟。

等一下，我向後靠在椅背上說，在做出進一步評論前，我必須再謹慎一點，要全盤考慮。

我告訴自己，我幾乎可以肯定瑪麗・卡米克爾在跟我們耍花招。我的感覺分明像是坐過山車，就在以為車要俯衝下去時，它卻驟然飛升。瑪麗是在打亂這種預期的順序。她先打破了句法，又打亂了順序。

好吧，只要她不是為了破壞而破壞，而是為了創造，她就有權一連打破兩項傳統。但究竟是為了破壞還是為了創造，我尚不能確定，除非她讓自己面對一個特定的局面。我對自己說，我會給她一切自由，任她選擇製造局面的手法，只要她願意，用幾個鐵皮罐、舊水壺都可以，但她一定要讓我信服，她確信那就是特定的局面；一旦做出了選擇，她也必須直面那種局勢。她必須投入。只要她向我盡作者之責，我就決意向她盡讀者之責，就這樣，我翻過一頁，讀了下去……

請原諒我唐突地打斷一下。

沒有男人出場嗎？妳能向我保證，那塊紅色窗簾後面沒有藏著查特萊斯・拜倫爵士的身影？妳敢肯定我們都是女人？

好吧，我要告訴妳們，我接下來讀到的是這樣一句話：「克洛伊喜歡奧莉維亞……」

先別表態，也別臉紅。讓我們在自己的圈子裡私下承認吧，這種事時有發生。有時，女人確實喜歡女人。

我讀到「克洛伊喜歡奧莉維亞」，然後突然意識到，這是多麼巨大的轉變。

在文學世界裡，這可能是克洛伊第一次喜歡奧莉維亞。

克莉奧佩特拉不喜歡奧克泰維婭；但如果她果真喜歡，那《安東尼與克莉奧佩特拉》將會整個變樣！

任由思緒暫時偏離《人生冒險》，我想到：會不會有人膽敢說出來——整齣戲被荒謬地簡化了，落入了窠臼。克莉奧佩特拉對奧克泰維婭只有一種情感，那就是嫉妒。她比我高嗎？她的髮型是怎麼梳理出來的？除此之外，這齣戲大概也不需要別的情緒。

但是，如果兩個女人的關係更複雜一點，那將是多麼有趣啊。

我匆匆回顧了一下輝煌的小說長廊中的女性形象，心想，所有這些女人的關係都太簡單了。還有太多內容被忽略了，從未被觸及過。

我盡力回想自己讀過的書中，是否有過兩個女人的友誼。《十字路口的黛安娜》[4]中有過這樣的嘗試。當然，在拉辛和古希臘悲劇中，她們是彼此的閨中密友；偶爾是母女。

但幾乎毫無例外的是，她們的形象只有在與男人的關係中才能得到展現。想來真讓人奇怪，在珍．奧斯汀的時代之前，小說中所有的重要女性都是從異性的視角來看的，而且，只有在與異性發生關聯的情況下，她們的形象才得以顯現。

然而，在一個女人的生活中，與男性的關係是何其微小的一部分啊；而男人對這種關係的瞭解又是何其淺薄啊，他們只會戴上「性」給予他們的黑色或粉色眼鏡去打量兩性關係。

也許就因為這樣，小說中的女性形象才有一種特質，或是志得意滿，或是不快樂；她們要麼美得驚人，要麼醜得出奇，要麼如天使般善良，要麼如魔鬼般墮落——但這些都是透過男人的眼睛看到的她，只是愛意漸濃或愛火漸熄的情人所感受到的。

當然，在十九世紀的小說家筆下並非如此，書中的女人變得更多樣化了，也更複雜了。說真的，也許正是因為產生了書寫女人的渴望，男人們才漸漸放棄了詩劇，因為詩劇過於激昂，很難施展女性形象，所以才發明了小說，作為更與之相宜的體裁。即便如此，即使是在普魯斯特的文字中，我們也能明顯看出男人對女人的認識仍處處受限，一知半解，恰如女人對男人的認識。

我看著這一頁，繼而又想到，除了日復一日的家務事，女人也和男人一樣對其他事物感興趣，這是愈來愈明顯的事實。

「克洛伊喜歡奧莉維亞。她們共用一間實驗室……」我讀下去，發現這兩位年輕女士正忙著切碎肝臟，那似乎是治療惡性貧血的良方。儘管她倆之一已結婚，並且有了兩個小孩——我想我說的沒錯——但這些都必須省略不提；因此，小說中這幅出色的女性肖像又變成了寥寥幾筆，太單調，太乏味了。

舉個例子來說，我們不妨假設文學中的男性形象也只是作為女性的戀人出現，不曾是男人的朋友、軍人、思想家或是空想家，那麼，莎士比亞在戲劇中能指派給他們的角色必定屈指可數，文學世界豈不損失慘重！奧賽羅或許大體還在，安東尼也有所保留，但我們將失去凱撒、布魯特斯、哈姆雷特、李爾王、賈克——文學將會貧乏到不可想像的程度。

事實上，一直把女性摒之門外的文學世界也同樣貧乏得難以估量。她們違心地嫁了人，被關在家宅內，只有一件正事可做，劇作家又怎能充分、生動、逼真地塑造她們的形象？只有愛情，或許能擔當她們的詮釋者。詩人也不得不滿懷激情，或滿腹辛酸，除非他有意「厭惡女人」，而這往往意味著他對女人毫無魅力可言。

好，如果克洛伊喜歡奧莉維亞，她們又共用一間實驗室，這就會讓她們的友誼多姿多采，並且更長久，因為這種友情不會過於圍繞私人生活。

如果瑪麗．卡米克爾知道如何去寫，而我也開始喜歡她的獨特文風；又如果她擁有一間屬於自己的房間，這一點我倒不敢確定；再如果她每年能有五百英鎊的收入，雖然這也有待證明——那麼，我想，某種意義重大的事情已經發生了。

因為，如果克洛伊喜歡奧莉維亞，而瑪麗．卡米克爾又知道如何表達，她就將在這間至今無人來過的大廳裡燃起一支火炬。只見幽明的微光、黝黯的陰影，宛如秉燭走入蜿蜒洞穴，你會上下打量，不知踏向何方。

我又開始讀這本書，讀到克洛伊看著奧莉維亞把一只罐子放到架子上，並且說道，該回家看孩子去了。

我敢說，這可是創世以來從未有人見過的場景。

我也十分好奇，觀望著這一幕。因為我想看看瑪麗．卡米克爾會如何動筆，去捕捉那些未曾被記載過的手勢，那些未被說出口或只說了一半的話，那是只有女人在場、沒有被男人帶著偏見的任性光芒照亮時才會自然而然呈現的，就像天花板上飛蛾的影子那樣不易被察覺。

如果她真要這麼做，就得屏息凝神才行，我一邊讀下去，一邊對自己說；因為女人對任何動機不明的關注都有疑慮，又太習慣隱瞞和壓抑，任何向她們投來的目光都會讓她們閃躲。

我又忍不住對瑪麗・卡米克爾說道，好像她就在我眼前：唯一的辦法就是轉移話題，說點別的事，目光凝望窗外，就這樣，把發生在奧莉維亞身上的事記錄下來——不是用鉛筆記在筆記本上，而是要用最快的速記，甚至用沒寫完整的字詞去記。奧莉維亞，這個在岩石的陰影下存在百萬年的生物，感覺到光線落下來，看到眼前出現了一種陌生的食糧：知識、冒險和藝術。

我又一次把視線從書上移開，心想，她必會伸手去拿，也必會重新調配已高度發達，但用於其他目的的既有才智，將新知識容納於舊知識，而且不會因此擾亂精妙複雜、無限延展的整體平衡。

哎呀，我這不是做了自己決意不要去做的事嘛，不知不覺就在讚美女性了，未經三思；「高度發達」、「精妙複雜」，這些都是無法抵賴的讚美，而稱讚自己的性別總是可疑的，也往往挺蠢的；更何況，這種事該如何評判呢？

誰也不能指著地圖說哥倫布發現了美洲大陸，而哥倫布是個女人；也不能拿起蘋果說牛頓發現了萬有引力，而牛頓是個女人；更不能仰望天空，說飛機在上空飛過，而發明飛機的是女人。

牆上沒有刻度，無法精確測量女性的高度；也沒有毫釐分明的碼尺能測量母親有多麼賢良、女兒有多麼孝順、姊妹有多麼忠實、主婦有多麼能幹。即使是現在，在大學院校有學分的女生也極少，包括陸軍和海軍、貿易、政治和外交在內的各行各業也幾乎沒有針對女性的資格考試。直至今日，女性都不曾被明確地記載。

但如果我想瞭解，譬如說，別人都知道霍利．巴茨爵士的哪些事，我只需翻開《伯克名錄》或是《德布雷特名錄》[5]就能知道他拿過這樣那樣的學位，擁有一處宅邸，有一個繼承人，是一個董事會的主管，出任過英國駐加拿大總督，還榮獲了很多學位、官職、勳章和其他榮譽，以銘記其諸多不可磨滅的業績。

關於霍利．巴茨爵士，除了上帝，再沒有人知道得比這還多了。

所以，即便我說女人「高度發達」、「精妙複雜」，也不能在《惠特克名錄》或《德布雷特名錄》或大學年鑑中得到證實。

身在如此困境中，我能做什麼呢？

我又把目光投向了書架。

上面還有幾本傳記：詹森、歌德、卡萊爾、斯特恩[6]、柯珀[7]、雪萊、伏爾泰、布朗寧，以及許多人的傳記。

我開始思忖，所有那些偉人都曾出於這樣或那樣的原因，仰慕過、追求過女人，與她們一同生活，向她們吐露心中的祕密，向她們求愛，寫下她們，信任她們，並且表露出——只能稱之為對某位特定異性的——需要和依賴。

我不敢斷言，這些關係都純粹是柏拉圖式的，但威廉·喬因森·希克斯爵士[8]應該會否認吧。但如果我們認定這些男人從這些關係中得到的僅僅是歡愉、諂媚和肉體的愉悅，那未免冤枉了這些顯赫的大人物。

他們得到的，顯然，是他們的同性所無法提供的東西；進一步說，是一種刺激，是只有女人的天賦才能給予的創造力的更新，這樣的界定應該不算輕率，也無須徵引詩人言之鑿鑿的狂言。

我想到：他打開客廳或育嬰室的房門，就會看到她被孩子們團團圍住，膝頭或許還擱著一方刺繡——不管怎樣，這個世界和他所在的法庭或下議院的那個世界之鮮明對照，生活秩序、生活體系的核心之截然不同，都會立刻帶來嶄新的面目，令他神清氣爽；接下來，即便在最簡單的家常閒談中，也會出現天然不同的見解，足以滋潤他本已乾涸的腦海，思路煥然一新；他看到她用另一種方式創造了一番天地，而那與他自己的方式迥然相異，他的創造力也陡然活躍起來，不知不覺，呆滯的頭腦又開始布局謀篇，浮現出的詞句或場景都是他戴好帽子、動身去見她前百思而不得的。

每一位詹森都有他的斯雷爾[9]，出於諸如此般的原因對她不離不棄，後來，斯雷爾嫁給了她的義大利音樂教師，詹森差點發瘋，又惱又恨，那不只是因為他不能再在斯特雷漢姆度過良宵，還因為他的生命之光「彷彿熄滅了」。

即便不是詹森博士，不是歌德、卡萊爾或伏爾泰這般大人物，我們依然可以感覺到女人有高度發達的創造才能，感受得到那種天然的複雜性。必須窮盡英語的運用，新鮮詞彙也必須不合常理、打破常規地插翅飛來，女人才能說出她走進房間時發生了什麼。

房間與房間大不相同，
有的安靜，有的喧囂；
有的面朝大海，或正相反，正對監獄大院；
有的掛滿洗淨的衣物，有的被貓眼石和絲緞裝點得生機勃勃；
有的像馬鬃般堅硬，有的如羽翼般輕柔。

只消走進任何一條街上的任何一間屋子，那種極其複雜的女性力量就會一股腦地撲面而來。

哪裡會有別的可能？千百年來，女人一直深居屋宅，時至今日，房間的四壁早已浸透了她們的創造力，其實，磚石灰泥早已不堪重負，這股力量不得不訴諸筆端，或寫或畫，或從商，或從政。

但女人的創造力和男人的完全不同。

我們必須斷言，這種創造力若因受阻、因荒廢而無法發揮，那真是太可惜了，因為那是歷經了千百年最嚴苛的管束後所贏得的、無可取代的力量。

如果女人像男人那樣寫作，像男人那樣生活，看上去也像男人，那也太可惜了，因為，既然男人女人各有不足，世界又如此遼闊豐富，一種性別何以成事？難道教育不該彰顯差異、突出個性，而非捨異求同嗎？畢竟，我們的相似之處已太多了，如果有位探險家探險歸來告訴我們，還有另一種性別的人，正從不同的枝葉間仰望另一片天空，豈不是對人類做出了更大的貢獻？如果碰巧看見某教授為了證明自己的「優越」而衝去取來他的尺規，我們豈不是樂不可支？

目光仍盤桓在書頁上方，我在想，瑪麗．卡米克爾只會作為旁觀者來處置她的作品。我真的認為她會變成自然主義小說家——我覺得這一類不太有趣——而不是偏重思考的那一類。

有這麼多新鮮事物要她觀察。她不必再把自己困在中上階級的豪宅中，盡可坦然走進那些香氣撲鼻，坐著交際花、娼妓、抱著哈巴狗的太太的小房間，而不必心懷慈悲，或覺得紆尊降貴；她們將仍然披著男作家們硬要搭在她們肩頭的粗陋成衣，但瑪麗．卡米克爾一定會拿出自己的剪刀幫她們修裁，乃至每一處起伏都熨貼合體。

等她改完，我們就將一睹這些女人的真面目，那必將是很新奇的場景，但我們還得再等一會兒，因為瑪麗．卡米克爾仍被自省所覺察到的「罪惡感」牽絆，那是野蠻的傳統性別意識遺留給我們的。

她的雙腳仍被古老、粗鄙的階級腳鐐束縛著。

不過，大多數女人既非娼妓也非交際花，也不會在每一個夏日午後枯坐如鐘，把裹在落滿塵埃的絨布裡的哈巴狗緊緊抱在懷中。

那她們會做些什麼呢？

我的腦海中浮現出某條長街，鱗次櫛比的房屋裡住滿了人，河邊南岸有很多這樣的街巷。在想像中，我彷彿看見一位年邁的老婦人緩緩走來，挽著身旁的中年女子，那或許是她的女兒，兩人的靴子、毛皮大衣都很講究，午後如此盛裝一定是她們生活中的某種固定儀式，這些衣物在夏季必定被收納在衣櫥裡，疊放整齊，夾了樟腦，年復一年。

她們穿過街道時，路旁的燈一盞一盞點亮了（因為她們最喜歡的正是薄暮時分），想必她們年復一年都是如此。

年長的老婦快八十歲了，要是有人問她，一生對她而言意味著什麼，她會告訴你，她記得那些街巷曾為巴拉克拉瓦一戰而燈火輝煌，或者，說她曾聽到海德公園裡為愛德華七世慶生時鳴響的禮炮聲。

但是，要是有人希望弄清楚究竟是在什麼季節、什麼日子、什麼時分，再問她在一八六八年的四月五日或一八七五年的十一月二日做了什麼，她肯定會茫然地回答，她什麼都不記得了。

因為一餐又一餐的飯菜都煮好了，鍋碗瓢盆都洗刷乾淨了，孩子們都送去了學堂，長大成人就離開家，踏上社會。

所有這些事，什麼都沒留下，一切消失殆盡。傳記或歷史對此不著一言。至於小說，都不可避免地撒了謊，即使不是故意的。

所有這些默默無聞的生命，仍有待記載，我對瑪麗·卡米克爾說，好像她就在這裡。

我的思緒繼續穿行在倫敦的大街小巷，在想像中，感受沉默的壓力，未曾記載的生活無聲堆積，或許來自街角扠腰而立的女人，戒指嵌在她們腫脹的手指上，說起話來比手畫腳，好像在用莎士比亞劇中的臺詞；或許來自賣紫羅蘭的女人、賣火柴的女孩和坐在門洞下的老太婆；又或許來自逛來逛去的女人們，她們的臉色如陽光或烏雲下的海浪，暗示著男人或女人的靠近，映照出商店櫥窗裡閃爍的燈光。

所有這一切，妳都要去探究，我對瑪麗・卡米克爾說，要握緊妳手中的火炬。

首先，妳必須照亮自己靈魂的深刻與淺薄、虛榮與寬宏，說出妳的美貌或平庸對妳意味著什麼，以及妳與這個變動不休的世界——這個充斥了搖來晃去的鞋襪手套等各色物品，浸淫在藥劑瓶中散發出的淡淡香氛中，鋪著人造大理石地板、頭頂穹頂長廊的布料市場——有何關係。

在想像中，我走進了一家商店，地面鋪成了黑白兩色，四處掛滿了美得令人驚歎的五彩緞帶。我想，瑪麗・卡米克爾若是走過，也該進來瞧瞧，因為這幅場景太適合用筆墨描繪了，儼如白雪皚皚的山峰或岩石林立的山谷最匹配安第斯山脈的景致。而且，櫃檯後還站著一個女孩——我會樂於寫出她的真實故事，就當作是拿破崙的第一百五十本傳記，或是第七十部研究濟慈，以及老教授Z之流正在撰文論述的濟慈筆下的米爾頓式倒裝句法的著作。

然後，我會非常小心地踮起腳尖走路（膽怯如我，實在害怕曾差點打到我肩頭的那一鞭子），小聲地說出：她也應該學會對異性的虛榮一笑置之——也不妨說是他們的「特性」，這個詞大概不太容易得罪他們——千萬別帶著苦澀。

> 因為人人腦後都有一先令大小的部位是自己永遠看不到的。

兩種性別間的互惠互助之一，便是為彼此描述這後腦勺上一先令大小的部位。

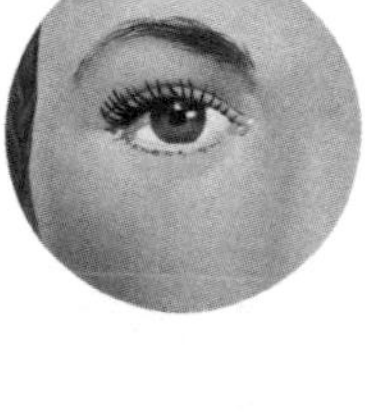

想想吧，女人從尤維納利斯[10]的言論、斯特林堡[11]的批評中得到怎樣的裨益。想想自古至今的男人是多麼仁慈、多麼明智地指出了女人腦後的隱祕部位！

如果瑪麗夠勇敢，也夠誠實，她就該繞到男人的身後去，告訴我們她發現了什麼。除非有女人描述出這一先令大小的部位，否則，永遠不可能得到一幅真實、完整的男人形象。伍德豪斯先生和卡蘇朋先生[12]就代表了這種部位的大小及本質。

當然，沒有任何頭腦正常的人會慫恿她故意去譏諷和嘲弄——文學始終能證明，懷著這種心機寫下的文字是一無是處的。

常言道，人要誠實，結果就必定格外有趣。喜劇必定會愈來愈豐富。新鮮事物必定會被揭示。

不過，也該把注意力重新集中到這本書上了。與其去揣測瑪麗・卡米克爾會怎樣寫、該怎樣寫，更應該看看她到底寫了些什麼。

因此，我繼續讀下去。

我想起自己曾對她有些許怨言。她打破了珍．奧斯汀的句式，讓我無法炫耀自己無可挑剔的鑑賞力、難以取悅的耳朵；也無法徒勞地說「是的是的，這很不錯，但珍．奧斯汀寫得比妳好得多」，因為我不得不承認，她們兩人毫無相似之處。

她又更進一步，打亂了敘述的順序——我們期望看到的順序。也許她是無心為之，只是像女人會做的那樣，並且像女人那樣去寫，讓敘述順其自然。但結果多少讓人困惑，我們看不到波濤湧起，危機將至。因此，我也無法炫耀自己洞察世情之深刻，知人心性之深邃。

每當我即將在合乎常理之處感受到合乎常理的物事，諸如愛情或死亡，那個惱人的東西就會把我拽住，好像至關重要的節點還在前方。這樣一來，她又害我無法高談闊論，堂而皇之地說出「基本的感情」、「人性共通之處」、「人心深不可測」之類的詞句，以及所有那些支撐我們相信自己在心底裡——即使表面看來或許挺機靈的——是極其嚴肅、極其深刻、極其慈悲的說詞。

她卻讓我覺得我們根本不嚴肅、不深刻、不慈悲，恰好相反，人人都可能思想怠惰，因循守舊——這個想法實在不太吸引人。

但我讀下去，注意到了另一樣事實。

她並非「天才」——這太明顯了。她沒有對大自然的熱愛，沒有熾烈的想像力，沒有不羈的詩情，沒有絕妙的機智，沒有像溫切爾西夫人、夏綠蒂·勃朗特、艾蜜莉·勃朗特、珍·奧斯汀、喬治·艾略特那些偉大前輩們的深邃智慧；她無法像多蘿西·奧斯本那樣帶著樂律和尊嚴去寫作。

說真的——她不過是個聰明的女性，不出十年，她的書就會被出版商化為紙漿。

儘管如此，跟半個世紀前那些比她更有天賦的女作家們相比，她還是有優勢的。

在她這裡，男人不再是「強烈阻撓的那一派」，她無須耗費時間去責怨他們，她不必因為憧憬遠方、歷練，因為渴望瞭解將她拒之門外的世界和眾生，而在爬上屋頂後失去平和的心境。恐懼和仇恨也幾乎都消弭了，或許，殘餘的痕跡只會流露在她面對自由時稍顯誇張的喜悅，或是在她刻畫男人時更傾向於用刻薄的諷刺口吻，而非浪漫的筆觸。

所以，作為一個小說家，她無疑是有得天獨厚的優勢。她的感知力非常寬廣、熱切、自由，纖毫之微都會觸動她的心弦；就像一株剛剛破土而出的植物，立在半空，盡情接納撲面而來的每一個景象和聲音。她的感知力會非常好奇、非常精妙地遊走在幾乎不為人知、也不曾被記載的事物之間；偶然發現了細微之物，就會向我們證明：那或許根本不是微不足道的。她的感知力讓塵封已久的東西重見天日，引發人們去質問：埋藏它們究竟有何必要。

儘管她有些笨拙，也不像薩克萊或蘭姆那樣無須刻意就能與悠久的傳統一脈相承，筆尖輕轉就能寫出悅耳的文字，她只是——我思考起來——掌握了重要的第一課：身為女人而寫作，但是一個已然忘懷自己是女人的女人；因此，她的字裡行間充滿了新奇的女性特質，那是沒有意識到自身性別的存在時才能盡顯無遺的本質特徵。

所有這些都是朝好的方向發展的。但，除非她能抓住倏忽而去的瞬間和個人體驗，以此建起屹立不倒的大廈，否則，再豐富的情感、再敏銳的洞察力都無濟於事。

我說過，我要等她面對某種「特定的局面」，意思就是要等她開動思慮、調度臆想，證明她不只是個浮光掠影的看客，而是能夠透過表象，窺見事物的深奧之處。

她會在某個時刻對自己說，就是現在，我無須聲色俱厲就能揭示出這一切的意義。然後，她就會開始開動思慮、調度臆想——腦際的活躍是多麼確鑿！——那些快被忘記、可能在別的章節中被疏忽的、非常瑣碎的小事就會浮現在記憶中。

她會讓那些事在某個人物縫縫補補或抽上一袋菸的時候盡可能自然地鮮活起來，並且繼續寫下去，讀者就會覺得自己彷彿登上山巔，俯瞰整個世界徐徐鋪展，蔚為壯觀。

無論如何，她在做這樣的嘗試。

我看到她在施展手腳，迎接挑戰，我也注意到了——但願她別看到——那群主教、教務、博士、教授、一家之長和老學究們都在對她大喊大叫，發出警告，提出建議：

妳不能這樣，妳不該那樣！

只有研究員和學者才能踏入草坪！

沒有介紹信女士不得入內！

有抱負、有風度的女小說家們請走這邊！

他們就像在圍欄外看賽馬的聒噪觀眾，對她指手畫腳，她必須經受考驗，罔顧左右，心無旁騖地越過障礙。

我對她說，只要妳停下腳步去咒罵，妳就輸定了；停下腳步去笑他們，妳也一樣輸定了。猶豫不決，笨手笨腳，妳都會輸。

全神貫注地策馬騰躍吧，我懇求她，好像我把全部家當都押在她身上了。

她像鳥兒一樣，飛越了障礙。

但前面還有一道障礙，再往前還有一道。

我不能肯定她有足夠的耐力能堅持到底，因為掌聲和吶喊讓人心煩意亂。

但她盡力了。

想想吧，瑪麗・卡米克爾並非天才，不過是個默默無聞的女性，在臥室兼起居室的房間裡寫她的第一部小說，也沒有充足的時間、金錢和閒暇等等優越條件，我想，她已經做得很不錯了。

我讀到了最後一章，有人拉開了客廳的窗簾，人們的鼻子和赤裸的雙肩在星空下一覽無遺；我也在心裡得出了結論：再給她一百年，給她一間自己的房間，每年給她五百英鎊，讓她暢所欲言，把她現在寫進書裡的東西省去一半，她就會寫出一本更好的書。

再過一百年，她會成為詩人。這樣說著，我把瑪麗・卡米克爾的《人生冒險》放回了書架的頂端。

## 譯者注

1. 弗農・李（Vernon Lee, 1856-1935，原名 Violet Paget），英國作家，著有超自然主義小說和美學專著。
2. 格特魯德・貝爾（Gertrude Bell, 1868-1926，原名 Gertrude Margaret Lowthian Bell）旅行家，對英國與中東的政治關係有極大貢獻。
3. 瑪麗・卡米克爾，參見第一章，是作者假想的人名之一。
4. 喬治・梅瑞狄斯（George Meredith, 1828-1909），英國小說家、詩人，以精彩的對話，充滿機智和詩意的宏偉場面，以及對人物心理的刻畫著稱。代表作：《利己主義者》（*The Egoist*）、《大地歡歌》（*Poems and Lyrics of the Joy of Earth*）、《十字路口的黛安娜》（*Diana of the Crossways*，又譯為《徬徨中的黛安娜》）
5. 《德布雷特名錄》，類似年鑑手冊，記錄英國貴族或鄉紳的家族史和個人情況。
6. 勞倫斯・斯特恩（Laurence Sterne, 1713-1768），英國感傷主義小說家，生於愛爾蘭，後就讀於劍橋大學。曾擔任約克郡牧師。代表作：《項狄傳》（*The Life and Opinions of Tristram Shandy, Gentleman*）。
7. 威廉・柯珀（William Cowper, 1731-1800），英國詩人，浪漫主義詩歌的先行者之一，擅長描繪日常生活和英國鄉村場景，改變了十八世紀自然詩的方向。
8. 威廉・喬因森・希克斯爵士（Sir William Joynson Hicks, 1865-1932），英國保守黨政客，曾任郵政大臣和內政大臣。一九二五年曾為女性爭取平等投票權，一九三三年，他的傳記作者寫道，他承諾阿斯頓女士的這項法案提議實際上是其政敵邱吉爾所言，並無事實依據。但一九二八年他二度提出此項動議，將投票女性的年齡從三十歲降至與男性投票資格相當的二十一歲。
9. 斯雷爾（Hester Lynch Thrale, 1741-1821，本姓 Salusbury，再婚後改姓 Piozzi），英國日記體女作家，藝術贊助人。
10. 尤維納利斯（Juvena, 160?-140?, Decimus Iunius Iuvenalis），古羅馬諷刺詩人。
11. 奧古斯特・斯特林堡（August Strindberg, 1849-1912），瑞典作家。瑞典現代文學的奠基人，世界現代戲劇之父。代表作：劇本《父親》（*The Father*）、《朱麗小姐》（*Miss Julie*），長篇小說《紅房間》（*The Red Room*）等。

12. 伍德豪斯和卡蘇朋先生，這兩位先生分別是喬治・艾略特的小說《米德鎮的春天》、珍・奧斯汀的小說《艾瑪》中的人物。

「做自己，比任何事都更重要。」 Virginia Woolf.

# 06

第二天，十月的晨光灑在拉起帷簾的窗前，照出一縷縷飛揚的微塵，從川流不息的街上傳來嘈雜聲。倫敦的發條又上緊了，工廠喧騰起來，車床在轟鳴中開動。

讀了這些書後，我忍不住望向窗外，看看一九二八年十月二十六日清晨的倫敦在忙碌些什麼。

那麼，倫敦到底在做什麼呢？

看起來，沒有人在讀《安東尼與克莉奧佩特拉》。看起來，倫敦對莎士比亞的劇作完全無動於衷。根本沒人——我不怪他們——關心小說的未來、詩歌的消失，或是一名普通女性發展出了一套傾訴她所思所想的散文文體。

就算用粉筆在人行道上把這些一一寫下，也不會有人肯停下來細看。不用半小時，匆匆而過的漠然腳步就會把字跡蹭得一乾二淨。

一會兒走來一個跑腿的年輕人，一會兒走來牽著狗的婦人。

倫敦街巷的迷人之處就在於此，你絕對找不到兩個相似的人。

每個人似乎在忙各自的私事。有幾個提小公事包的像是業務員；有幾個流浪漢手拿棍子，把庭院的柵欄敲得噹噹響；還有些殷勤的人好像把街巷當成了他們的俱樂部，對馬車裡的人高聲招呼，不待人問及就講起了八卦；也有送葬的隊伍經過，讓人不由聯想到自己的遺體有朝一日也會如此經過，便不禁脫帽致哀；後來，還有一位氣度不凡的紳士緩步走下門階，暫停片刻，以免撞上一位手忙腳亂的夫人，她不知用什麼辦法弄到了那樣光彩奪目的皮毛大衣，手裡捧著一束帕爾瑪紫羅蘭。

他們看上去都互不相干，只關注自己，各忙各的事。

此刻，一切往來的車輛戛然而止，喧囂驟歇，這在倫敦是常事。街上沒有動靜，沒有人經過。

一片樹葉從街尾的梧桐樹上掉落，恰在這個停止的瞬間徐徐飄落。不知為何，它就像從天而降的徵兆，指向那些被我們忽視的物事所潛藏的力量。

它好像指向了一條河，看不見的河，流過這裡，轉過拐角，沿街而下，順流裹挾路人，就像牛橋的河水送走了泛舟的學子、枯落的樹葉。

現在，它送來了一位穿著漆皮靴的女子，從街那邊斜穿到這邊，而後是個身著褐紅色外套的年輕男子，接著，它還送來了一輛計程車，並將這三者匯合到一處，剛好就在我的窗下。計程車停下了，女子和年輕男子也停下了，他們上了車，計程車便悄然而去，就像被水流沖去了別處。

這實在是司空見慣的一幕，奇特的是，我的想像力賦予它一種富有韻律的秩序。兩個人上計程車，如此普通的一幕也有一種力量，能向我們傳遞出一種事實：他們看上去是心滿意足的。

看到兩個人沿街走來，在街角相遇，似乎能緩解思慮的緊張，我這樣想著，望著計程車駛過街角，不見了。

或許，我這兩天所思考的——把一種性別與另一種性別區分開來——是件費心的事。這讓我心力渙散，有違心智的統一。但是，看到兩個人走到一起，上了一輛計程車，費心的感覺消弭了，心智恢復了統一。

頭腦顯然是個極其神祕的器官，我將視線從窗外移回來，想到我們對它其實一無所知，卻時時刻刻依賴它。

為何我會感到心有所隔絕、有所對立，就像身體明顯有病恙時，就會感覺緊張？「心智的統一」又是什麼意思？

我沉思了一番，因為，心智顯然有一種巨大的力量，能隨時隨地集中心力思考問題，似乎並沒有所謂單一的狀態。

心智可以把自己與街上的人群隔開，譬如，想像自己和他們保持距離，正從樓上的窗口俯瞰他們；也可以與別人一起，同時同地地思考，譬如，身在人群中等待聆聽新聞播報。心智可以藉由自己的父輩或是母輩回顧往昔，就像我之前說的，寫作的女人可以藉由母親，反思過去。

身為女人，常常會因為意識突然分裂而感到吃驚，譬如，走在白廳[1]街上，明明是那種文明理所當然的繼承者，她卻突然變成了格格不入的圈外人，愛批評的人。顯然，心智的聚焦點總在變換中，將世界置於不同的角度。

不過，某些心境會讓人不太舒服，即便那是自然而然產生的。為了讓自己保持那類心境，人們會在無意間有所克制，長此以往的壓抑，就會費心傷神。當然，或許也有某些心境是毫不費力就能保持的，因為不需要克制什麼。

我從窗邊走回來時心想，這大概就是其中之一吧。因為看到兩人上了計程車後，我一度割裂渙散的心思似乎又合攏，再度自然融洽。

顯而易見的原因在於：

兩性之間本該和睦相助，這是極其自然的事。就算不太理性，內心深處的直覺也會讓我們相信，男人和女人的結合會給人完整的滿足和幸福。

但看到那兩人上車，並且帶動出滿足感，卻不禁讓我想到，心智是否也有兩性，對應了身體上的男女之別？不同性別的心智是否也該結合，才會帶來完整的滿足和幸福？

於是，我不揣淺陋地勾勒起靈魂的草圖，讓每個人的靈魂中都有兩股力量，一方為男性，一方為女性；在男人的心智中，男性力量壓制了女性力量，而在女人的心智中，女性力量戰勝了男性力量。這兩種力量和諧相處、精神契合時，人就會處在正常又舒服的狀態。身為男人，心智中的女人也要發揮效力；身為女人，也要和她心中的男人默契神交。

柯立芝[2]說過，偉大的頭腦是雌雄同體的，應該就是這個意思。只有達成這種融洽，心智才能富饒，各種才智才能發揮得淋漓盡致。我想，純粹的男性頭腦恐怕無法創作，同樣，純粹的女性心智也一樣。

最好還是稍停片刻，看一兩本書，再來檢驗何為「女性化的男人」，或是反過來，「男性化的女人」？

柯立芝所說的，偉大的頭腦是雌雄同體的，當然不是說這種頭腦對女性特別有同情心，格外為女性著想，或是為她們立言。跟單一性別的頭腦相比，雌雄同體的頭腦大概反而不太會做出這種區分。

他應該是在說：雌雄同體的頭腦自有共鳴，易於滲透；因而，情感可以毫無阻礙地溝通、傳遞；它天生就富於創造力，激情閃耀，渾然一體，沒有隔閡。

事實上，我們不妨回想一下，雖然我們很難說清莎士比亞如何看待女性，但莎士比亞的心智就是雌雄同體的典型，是女性化的男性頭腦。如果說，心智完全發達的特徵之一就是不用孤立的眼光特殊對待某種性別，那麼，現在比過去更難達到這種境界了。我已來到在世作家的作品前，駐足默想，莫非這就是一直以來讓我困惑的癥結所在？

在我們這個時代，性別意識尤其尖銳，之前的任何時代都無法堪比，男人議論女人的著作在大英博物館裡堆積如山便是鐵證。

這無疑要怪罪於女性參政運動：那勢必讓男人有了自我肯定的強烈欲望，也勢必讓他們更看重自身性別及其諸多特質，要不是受到挑戰，他們才懶得為此費神。就算挑釁者不過是幾個頭戴黑色軟帽的女人，他們只要被挑釁了就會還擊；如果以前未曾迎受這等挑戰，他們甚至會反應過度，變本加厲地還以顏色。

這或許可以解釋我在某本書裡體會到的一些性格特徵，想到這裡，我從書架上取下A先生最新出版的小說，他年輕有為，顯然廣受評論家的好評。

我翻開那本書。又讀到男作家的作品確實讓人愉快。相比女作家的書，男作家的更直白、更坦率。這一點表明了他心智的自由，人格的自主，並有堅定的自信。看到這樣的頭腦——汲取了充足營養，接受過良好教育，享有充分自由，並且從未被阻撓或反對過，從其誕生之初就自由成長——會讓人有種身心健全的舒暢感。這讓人又讚賞又羨慕。

但讀了一兩章之後，我似乎看得到書頁上斜貫一道陰影。如同一道筆直的黑槓，形似大寫字母「I」。你只有左右挪移，才能看到這陰影下的景色：那到底是一棵樹，還是一個女人正在走來？

我不能確定。

這個「I」始終擋在你眼前。你開始厭倦這個「I」。

雖然這個「I」是最受人尊敬的人物：誠實，通情達理，堅定不移，幾百年來的良好教育和素養將之打磨得光彩照人；我打心底裡尊重、仰慕這個「I」；但——我又翻過了一兩頁，想找到些別的內容——最糟糕的是，一切都在這個「I」的陰影裡，如墜霧中，無形無狀。

那是樹嗎？

不，那是個女人。

不過……我總覺得，她的身體裡似乎沒有骨骼，我看著菲比——那是她的名字——走過沙灘。然後，艾倫站了起來，他的身影立刻遮住了菲比。因為艾倫有自己的見解，菲比則被淹沒在他洪水般的見解中。而且，我還覺得艾倫有激情。

我匆匆翻過了一頁又一頁，預感到危機即將爆發，果然如此。危機就爆發在陽光下的沙灘上，毫無遮攔，氣勢十足，再沒有比這更不得體的了。

不過……我已經說了太多「不過」，不能再這麼繼續下去了，我自責道，妳怎麼都得把話說清楚。那就直說吧：「不過——我煩了！」

但為何我會心生厭煩？

一來是因為那個大寫的「I」無處不在，乏味至極，就像一棵參天的山毛櫸，佇於它自己投下的巨大陰影中。陰影中，什麼也無法生長。

二來是有更隱晦的原因：A先生的心裡似乎有些障礙，某種羈絆，阻礙了創造力的源泉，將其限制在狹小的流域裡。

我想起牛橋的那頓午餐，彈落的菸灰，無尾的曼島貓，以及丁尼生和克莉斯緹娜·羅塞蒂，一切都糾纏在一起，所謂的羈絆大概就在其中。

菲比走過沙灘時，他已不再低吟「一滴璀璨的淚珠落下，自門前怒放的西番蓮」，而艾倫走近時，她也不再對以「我的心如歌唱的鳥兒，巢棲溪畔的枝頭」，那麼，他能怎麼辦？

他像白晝一樣磊落，像太陽一樣合理，所以他只能做一件事了；而且是一而再，再而三（我邊翻動書頁邊說）地繼續做下去，為了盡顯他的正大光明。

我還要補充一句，那種自白本質上就是招人厭的，而他意識到要如此自白，不知為何，就似乎很讓人乏味。

莎士比亞的不雅之處讓人們忘記了無數心事，毫無乏味之感。但莎士比亞那麼做是為了取樂，而A先生這麼做是故意的，就像保母們常說的那樣。

他是為了抗議。他堅持自己更優越，以此抗議女人與他平起平坐。

他就是在這裡被阻礙、被抑制的，因而爆發了自我意識；假如莎士比亞也認識克拉夫小姐和戴維斯小姐[3]，恐怕也會和他一樣。

毫無疑問，女權運動要是在十六世紀，而非十九世紀就興起，那麼，伊莉莎白時代的文學必將大不一樣。

如果頭腦共有兩性的理論站得住腳，那麼，所謂的男子氣概，如今已變成了男人的自我意識，也就是說，他們如今寫作時只用頭腦中男性的那一面。

女人去讀這樣的書，那就錯了，因為那就是緣木求魚，她所尋求的必然是找不到的。

我們最欠缺的就是啟迪人心的力量，我這樣想著，捧起了評論家B先生的詩歌藝術評論集，非常謹慎而負責地讀起來。

這些文章固然都很出色，言詞犀利，旁徵博引，但問題在於：他的情感並未能傳達出來，他的頭腦裡好像築起了一格格的小隔間，任何聲響都無法從一間傳到另一間。

因此，誰要是記下B先生的某個句子，句子便會砰然落地——死去了。但如果把柯立芝的句子記在心上，那個句子會爆裂，生發出各式各樣的想法，我們盡可斷言：唯有這樣的寫作，才擁有永恆活力的奧義。

但不管原因何在，這必定讓人扼腕歎息。因為這意味著在世的偉大作家——此時我走到了高爾斯華綏先生[4]和吉卜林先生[5]的幾排書前——部分最優秀的作品恐怕都難覓知音。

評論家們信誓旦旦地說那些書中蘊藏著永生之源泉，但女性無論如何努力都無法在書中找到。這不僅是因為他們讚頌的是男性的美德，強調的是男性價值觀，描寫的是男人的世界，更因為滲透在這些書中的感情是女人不可能領會的。

還遠遠沒到結局，人們就開始說：這種感情要來了，在醞釀了，呼之欲出了。這樣一幅畫面就將落到老喬里恩[6]的心中：他將死於震驚，老牧師將為他念幾句哀悼之詞，泰晤士河上的所有天鵝都將齊鳴悲歌。但沒等這一切發生，我們就已逃走，躲進了醋栗樹叢，因為這種對男人來說如此深厚、如此微妙、如此富於象徵性的感情，卻頂多令女人驚訝、迷惑而已。

吉卜林筆下一個個掉頭跑開的軍官也是如此，還有那些播撒種子的「播者」、獨自工作的「男人」，還有「旗幟」都是這樣——引號內的詞都是首字放大的，讀者看了會臉發紅，好像在偷聽只限男人參與的狂歡時被逮了個正著。

事實就是，高爾斯華綏先生也好，吉卜林先生也好，他們沒有一星半點的女性氣質。因此，假如可以一言以蔽之：他們的特徵在女性眼裡似乎是粗糙的、不成熟的。他們的作品缺乏啟迪的力量。一本書若是不能給人啟迪，無論它具有多強的震撼心扉的力量，終究是無法滲透到讀者內心深處的。

我把書抽出來，卻看也不看，又放了回去，就在這樣的躁動中，我開始在腦海中預見一個即將到來的、純粹彰顯驕橫男子氣概的時代，那正是教授們往來通信（比如沃爾特・羅利爵士[7]的信件）中所預示、義大利統治者們業已建立的那樣。只要去到羅馬，誰都不可能不感受到那種徹徹底底的大男人氣概；不管這種徹底陽剛的男子氣概對國家來說有多少價值，對於詩歌藝術的影響卻值得我們去質疑。

不管怎樣，報紙上說，義大利的小說令人擔憂。學者們還為「促進義大利小說的發展」開了一次討論會。那天，「出身顯赫，包括金融界、實業界以及法西斯團體的要人們」集聚一堂，就這個問題集思廣益，並向領袖致電，表達了他們希望「無愧於法西斯時代的詩人將不日誕生」。

我們或許也都有這等榮耀可嘉的希望，但令人懷疑的是：詩歌能從孵蛋器裡孵出來嗎？

詩歌理應有一位父親、一位母親。法西斯的詩歌，恐怕會是個面目嚇人的早產兒，就像我們在鄉村博物館的玻璃罐中看到的那樣。據說，這樣的畸胎活不長，我們也從沒見過這樣的人在田間割草。一個身體上長了兩顆腦袋，並不能延長壽命。

然而，假如我們心焦如焚地追究責任，那就無法歸咎於某一性別的人，男人女人都難辭其咎。

所有善誘者、改良者都要為此負責：沒有對格蘭維爾勳爵說實話的貝斯伯勒夫人，把真相告訴葛列格先生的戴維斯小姐，諸如此類，但凡是喚醒了性別意識的人都難辭其咎；當我想施展才能、寫好一本書時，正是他們鞭策我去探尋幸福年代裡的性別意識，那時候，戴維斯小姐和克拉夫小姐尚未降生，作家們仍一視同仁地運用頭腦中的兩性。

你只能回溯到莎士比亞，因為莎士比亞是雌雄同體的，濟慈、斯特恩、柯珀、蘭姆和柯立芝也是如此。雪萊可能是沒有性別的。米爾頓和班．強生的男性氣質就未免太多了。華茲華斯和托爾斯泰也太多了。在我們這個時代裡，普魯斯特完全可堪雌雄同體，不過，女性氣質或許偏多了一點。

其實，這一點點不平衡是難能可貴的，根本不該去抱怨，若沒有這種雜糅，智力似乎就會占上風，頭腦中的其他才能就會僵化，失去活力。

反正，我安慰自己說，這大概只是一種過渡；如我所承諾的，我要把思路的來龍去脈講清楚，而我所說的大部分內容都只是當時的想法；在尚未成年的妳們看來，在我眼裡炯然閃現的大部分內容似乎也只是曖昧不明的。

即便如此，我走到書桌旁，拿起寫著標題「女性與小說」的那張紙，要寫下的第一句話就是：任何人，寫作時總想著自己的性別，都會犯下毀滅性的錯誤。

純粹只做男人或女人，也是毀滅性的。必須做男性化的女人，或是女性化的男人。

女人去計較就算是一點點委屈，就算是合情合理地去訴求公正，就算或多或少地刻意用女人的腔調去說話，都會帶來毀滅性的錯誤。

我所謂的毀滅，並非隱喻，因為帶著這種意識的偏見寫就的文字，注定會走向滅亡。這樣寫就的文字將失去養分，也許會在一兩天內光彩奪目、感人肺腑、精彩絕倫，但夜幕降臨時必將枯萎，無法根植於他人的思想中繼續昇華。

藝術創作大功告成前，頭腦中的男性和女性之間必須發生聯動；兩性間必須達成婚姻般的圓滿結合。

作家若要我們體會到他在完整、充分地與我們分享他的經驗，就必須完全敞開心靈。心智必須自由，必須平和。不能有任何一只車輪駛動，也不能有任何一絲光線閃動。窗簾必須拉緊。

照我的想像，這位作家如此分享完他的經驗後，必須仰面躺下，讓思想在黑暗中慶祝這場聯姻。他不可以去看自己完成的作品，也不可以去質疑。他倒不如摘下玫瑰花瓣，或是凝視天鵝安詳地順流而下。

我又一次看到了河面上飄送著泛舟的學子、枯落的樹葉，看到了那一男一女穿過街道走到了一起，被計程車帶走了；我聽著倫敦的車流在遠處的轟鳴，心想，他們是被水流帶走，匯入洪流了。

話到此處，瑪麗·伯頓不再往下說了。

她已經告訴妳們她是如何得出結論的——那個平庸的結論：想要寫小說或詩歌，妳每年必須有五百英鎊的收入，以及一間帶鎖的房間。

她已經盡力把讓她得出這一結論的千頭萬緒和盤托出。

她請求妳們跟隨她，迎面撞上教堂執事的雙臂，在這裡吃了午餐，去那裡用了晚餐，在大英博物館塗鴉，從書架上拿下幾本書，望向窗外。

當她經歷這些事時，妳們無疑也注意到了她的種種缺點和怪癖，也看到了這對她的見解所造成的影響。妳們一直在牴觸她，隨妳們喜好地斷章取義，或補上自己的見解。這是理所應當的，因為對於這類問題，只有在拋下各種謬誤之後，才能得出真相。

現在，我要直抒己見，在結束前預期兩種意見——妳們也不可能不得出這種顯而易見的結論。

妳們或許會說，關於男人和女人的相對優勢，即使僅就作家而言，妳並沒有說出什麼結論。

我是有意為之的，因為，就算此項評估的時機已成熟了，我也不相信那種才華，無論是心智還是性格上的才華，可以像奶油和白糖那樣憑稱量而定——事實上，就眼下而已，瞭解女性有多少錢、有幾間房間遠比總結她們的能力重要得多。

即使是在劍橋也不能稱斤論兩地定義才情，雖然那裡的人擅長給人分班、戴學士帽、冠上頭銜。我也不相信《惠特克名錄》中的排行榜能定論人的價值，也沒有確鑿的理由去相信，進餐廳時，擁有巴斯勳士爵位的將軍必須排在心智錯亂者監察長官[8]之後。

煽動一種性別的人去反對另一種性別的人，抬高一種素質去抵制另一種素質，這種自命不凡、貶低他人的行為，都好比是人類社會小學階段的幼稚行為。在那裡，有派別之分，這一派總要壓倒另一派，而最重要的事莫過於走上高臺，從校長手中接過一尊極具裝飾性的獎盃。等到人成熟了，就不會再盲信派別、校長，或極具裝飾性的獎盃。

無論如何，論及書籍，眾所周知的難題是：很難給書貼上標識其價值，而且撕不掉的標籤。當下文學評論不就一再證明了評判之難嗎？同一本書會得到「偉大的著作」、「毫無價值的書」這兩種截然相反的稱號。褒貶都無意義。評判高下以作消遣，可能確實挺有趣，但作為工作卻是最無意義的，若是對評判者一味逢迎順從，那就是奴性十足了。

寫下妳想要寫下的，那才是最要緊的；至於妳寫的東西會流傳百世，還是過眼雲煙，無人能定論。但若是為了向手捧獎盃的校長、袖中裝著量尺的教授表示敬意，就算只是犧牲一絲一毫妳的見解，褪去一點一滴色彩，都是最為可鄙的背叛。相比之下，人們曾認定的最淒慘的災難——失去財富或貞潔——都不過像是給跳蚤叮了一口。

我想，接下來妳們可能會反駁的是，我過分強調了物質的重要性。五百英鎊的年收入代表了沉思的力量，門上的鎖意味著獨立思考的能力，但即使這只是一種允許更多闡釋的象徵筆法，妳們仍會說，思想應超脫於這些俗事；還有，大詩人往往窮困潦倒。

那就請允許我引述妳們的文學教授的話，他可比我清楚詩人是如何造就的。亞瑟·奎勒—庫奇教授*是這樣寫的：

「過去一百年來，都有哪些偉大的詩人？柯立芝、華茲華斯、拜倫、雪萊、蘭德[9]、濟慈、丁尼生、布朗寧、阿諾德[10]、莫里斯[11]、羅塞蒂、斯溫伯恩——我們可以先在此打住。這些人當中，除了濟慈、布朗寧和羅塞蒂，其他人都讀過大學；而這三人中，唯有英年早逝的濟慈生活清苦。

「或許這樣說有點殘酷，但確實很可悲的是，『詩才可在任何地方滋長繁盛，貧富貴賤之處沒有差別』的說法其實是句空話。

「事實一目了然：這十二人中，九位上了大學，換言之，他們用各自的方法，確保自己能接受英國所能提供的最好的教育。事實一目了然：如妳們

原著注

*《寫作的藝術》(*The Art of Writing*)，亞瑟·奎勒－庫奇爵士著。

所知，那剩下的三人中，布朗寧算得上富裕，但我敢跟妳們說，要是他沒那麼富裕，他就寫不出《掃羅》和《環與書》；拉斯金[12]也如出一轍，若不是他父親生意興隆，他也寫不出《現代畫家》。羅塞蒂有一小筆私人收入，更何況，他還作畫。所以，就只剩下了濟慈，掌管死亡的女神阿特洛波斯奪去了他年輕的生命，一如她在瘋人院中奪去約翰．卡拉爾[13]的生命，還逼得詹姆斯．湯姆森[14]吸食鴉片酊以麻醉絕望，以至殞命。

「這些事實都很可怕，但讓我們正視這一切吧。且不管這對於我們國家而言是多麼的有失榮譽，但確實因為我們的英聯邦有某種失誤，窮詩人在現當代，甚至近兩百年來，一直機會渺茫。請相信我——我在這十年中，花費大量的時間觀察了三百二十餘所小學——我們盡可大談民主，但事實卻是，英國的窮孩子少有出頭之日，並不比雅典奴隸的孩子擁有更多機會來獲得心智自由，亦即偉大作品的誕生所仰仗的基礎。」

沒有人能把這一點說得更明白了。

「窮詩人在現當代，甚至近兩百年來，一直機會渺茫。……英國的窮孩子少有出頭之日，並不比雅典奴隸的孩子擁有更多機會來獲得心智自由，亦即偉大作品的誕生所仰仗的基礎。」正是如此。

心智自由仰仗於物質基礎。詩歌仰仗於心智自由。而女性始終很窮困，遠不止近兩百年，而是有史以來便一直如此。女性所能得到的心智自由，尚且不如雅典奴隸的孩子。所以，女性寫詩的機會也很渺茫。

這就是我如此強調金錢、自己的房間的根源。

不過，多虧了默默無聞的女性——我真希望可以多瞭解她們一點——曾經的努力，也多虧了——說來奇怪——兩場戰爭：克里米亞戰爭讓佛羅倫斯·南丁格爾走出了客廳，六十年後的歐洲戰爭又為普通女性敞開了大門，諸多弊端正在逐漸得到改善。否則，今晚妳們也不會在這裡，而妳們每年賺得五百英鎊的機會恐怕也微乎其微了，事實上，我覺得即便是現在也未必能賺得到。

再說，妳們仍會反問：為什麼妳把女性寫書立傳看得如此重要？

而且，據妳所說，那要付出巨大的努力，說不定還會去謀害自己的姑媽，幾乎肯定會在午餐會上遲到，或許還免不了和某些大好人發生嚴重的爭執。

請容我坦承，我的動機，在某種程度上是自私的。正如大多數未曾接受教育的英國女人一樣，我喜歡閱讀——我喜歡大量的閱讀。近來，我的精神食糧變得有點單調：歷史，講戰爭的太多了；傳記，講偉大男人的太多了；詩歌，在我看來，漸漸變得了無生氣；小說——而我已充分暴露了自己沒有能力來評論現代小說，就不再贅言了。

所以，我請大家放手去寫各類書籍，不管是瑣細或宏大的內容，只管去寫，對任何主題都不必有顧慮。

我希望妳們能用寫書或別的方法給自己賺到足夠多的錢，去四處旅行，去無所事事，去思索世界的未來或過去，去看書、做夢或是在街頭閒逛，讓思考的釣線深深地沉到溪流中去。

我也絕對不會讓妳們只寫小說。如果妳們想滿足我的話——像我這樣的人還有成千上萬——那就去寫寫遊記和探險、研究和學術、歷史和傳記、批評和哲學，還有科學。這樣去寫，妳們就等於推進了小說藝術，因為書籍會相互影響。若能與詩歌、哲學脣齒相依，小說的面貌必定會大為改觀。

此外，如果妳們想一想任何一位偉大的先輩，譬如薩福、紫式部[15]、艾蜜莉．勃朗特，妳們就會發現，她們既是繼承者，也是開創者，她們之所以立足於歷史，正是因為女性自然而然就已養成寫作的習慣。

所以，即使只是詩篇的序章之類，妳們的寫作也將是彌足珍貴的。

但當我回過頭來看看這些筆記，並對自己的真實思路加以評點時，我發現自己的動機並非全然自私。在這些評論和離題的漫談中，仍貫穿著一種信念——或者該說是本能？——好書令人嚮往，好作家仍不失為好人，即使在他們身上呈現出諸種惡習。

因此，我要妳們寫更多的書，是在敦促妳們做一些對自己、對整個世界都有所裨益的事。

但我不知道該如何證實這種本能或信仰，因為，一個沒上過大學的人很容易在運用哲學術語時犯錯。

現實，指的究竟是什麼？似乎是飄忽不定、不太牢靠的東西——時而出現在揚塵的馬路上，時而出現在街頭小報的一角，時而又出現在陽光下的水仙花上。現實，能讓屋裡的一群人喜上眉梢，也能讓幾句閒談雋永長存；能讓星空下回家的路人被壓抑得無言以對，讓無聲的世界比言語的世界更為真實——隨後，又出現在皮卡迪利大街上的公共汽車裡。

有時，現實似乎距離我們太遠，影影綽綽，難以捉摸它的本質。但不論它觸及什麼，都將令其確鑿，乃至永存。那是白晝消隱在籬笆後留存的餘跡；那是歲月流逝，愛恨過後的餘韻。

在我看來，作家比旁人更有機會活在當下。

作家的職責就是發現、收集現實，充分傳達，讓我們與之共用。至少，這是我讀完《李爾王》、《艾瑪》或《追憶似水年華》後所推演出的結論。讀這樣的書，就好像在為各個感官施以奇特的手術，摘去掩在其上的白內障，讓人眼前豁然開朗，世間的一切盡顯無遺，生活更顯鮮明深刻。

有些人對不現實的生活懷有敵意，那是令人羨慕的；也有些人因渾渾噩噩的無心之舉而駐足不前，那是令人憐憫的。所以，我之所以要求妳們去賺錢，要有自己的房間，就是要妳們活在現實之中，活在富有活力的生活中，不管妳能不能將之描繪出來，現實都將兀自顯現。

我本想就此打住，但按照常規，每場演講都該有總結。而一場針對女性的演講，我想妳們也會同意，總結部分應有振奮人心、志向崇高之處。

我應當請妳們記住自己的責任，努力向上，追求更崇尚的精神追求；我應當提醒妳們肩負著何等重任，妳們對於未來的影響又是何等重大。

但我覺得，不妨把這些訓誡留給男人們去說，他們的口才遠非我所能及，他們定會諄諄善誘，也確實已經這樣做了。我絞盡腦汁，卻覺得身為同伴、追求平等、影響世界、邁向更高遠的未來，並沒有什麼崇高之處。

我發覺自己只想平淡、簡單地說一句：

做自己，
比任何事都更重要。

假如我知道怎麼才能說出振奮人心的豪言壯語，那我大概會說：別總夢想去影響他人。要去思考事物的本質[16]。隨手翻翻報紙、小說和傳記，我又會覺得女人對女人講話時，總有些藏藏掖掖的潛臺詞。

女人對女人並不客氣。女人不喜歡女人。

女人——說真的，這兩個字還沒把妳們煩透嗎？

我可以向妳們保證，我已經煩透了。

那就讓我們達成一致吧：一個女人對一群女人的演講理所應當要以格外不好聽的話作結尾。

但這要怎麼說呢？我能想出什麼不好聽的話呢？

事實上，我往往是喜歡女人的。我喜歡她們的反常規做法。我喜歡她們的完整性。我喜歡她們的默默無聞。我喜歡——但我不能一直這樣羅列下去。

妳們告訴我那邊的櫃子裡只有乾淨的桌布，但要是阿奇博爾德．博多金爵士[17]藏在裡面該怎麼辦？我還是用嚴厲的口吻來說比較好。

我先前所說的話是否讓妳們充分領會到男性群體的告誡和責難？我對妳們講過了，奧斯卡・勃朗寧先生對妳們評價甚低。我也指出了拿破崙曾經如何看待妳們，還有墨索里尼如今的觀點。另一方面，考慮到妳們中間可能有人有志於寫小說，我也幫妳們引述了評論家關於女性應勇敢承認自身侷限的建議。我還提到了X教授，特別強調了他關於女性在智力、道德和體能上都比男人低劣的論斷。

我把我能想到的，而非刻意鑽研得來的這些內容如數奉上，現在，我要講最後一條警告——來自約翰・蘭登・戴維斯先生*[18]。

原著注

*《婦女簡史》（*A Short History of Women*, 1927），約翰・蘭登–戴維斯著。

約翰・蘭登・戴維斯先生如此警告女性：「當人們不再想生兒育女，女人也就不為人所需了。」我希望妳們記下這句話。

我還要怎樣鼓勵妳們投入生活呢？

年輕的女士們，請注意，我要開始總結陳詞了：在我看來，妳們是愚昧無知的，這很丟人。妳們從未有過任何重大的發現。妳們從未動搖過一個帝國，也從未率領士兵、上過戰場。莎士比亞的戲劇都不是出自妳們的手筆，妳們也從未帶領任何一個蠻夷之族領受文明的澤被。

妳們有什麼藉口？

當然，妳們盡可指向街巷、廣場和森林，處處擠滿了黑色、白色和棕色的居民，人人都忙碌於出行、經營和談情說愛，然後對我說：我們手頭還有很多事要做；沒有我們的辛勞，海面上就不會再有出海的船隻，肥沃的土地也會化為沙漠；我們生養、養育、清洗、教育了十六億兩千三百萬人——這是統計出來的現存人類的總數——至少在他們六、七歲前，即使有人相助，這也費時不少。

妳們說的確實有道理——我不否認。

但與此同時，我能否提醒妳們注意：

自一八六六年以來，英國至少開辦了兩所女子院校；
一八八〇年後，法律允許已婚女性擁有自己的財產；
一九一九年——已是整整九年前了——女性獲得了選舉權。

我能否再提醒妳們：

大多數職業允許女性就業，至今已將近十年了。

假如妳們好好反思自己所擁有的這些了不起的特權，想一想妳們在這麼多時日裡都享有這些特權，而且，事實上，至今為止應該約有兩千名女性每年能以這樣或那樣的方式賺到五百英鎊，那麼，妳們就該承認，所謂缺少機會、培訓、鼓勵、閒暇和金錢的藉口都不能成立。

尤其要注意的是，經濟學家告訴我們，西頓夫人生了太多孩子。

當然，妳們仍然必須生兒育女，但據專家們說，妳們最好生兩、三個，而非十二、三個。

所以，妳們手上有了些時間，腦袋裡裝了些書本——至於另一派的知識，妳們已經學得足夠多了，我懷疑，妳們來上大學的部分原因就是為了不再裝進那種知識——當然就應該在這條艱苦卓絕、完全不受矚目的漫漫長路上邁進一個新階段。上千枝筆樂於指點妳們應該做些什麼，應該產生怎樣的影響。我承認，我的建議是有點不可思議；所以，我寧可用小說的形式來把它講出來。

我在這份講稿中告訴過妳們，莎士比亞有個妹妹，但請妳們不要在西德尼·李爵士[19]為這位詩人寫的傳記中去查證。

她年紀輕輕就死了——唉，她連一個字也沒有寫過。她葬身在大象城堡酒店的對面，現在的公共汽車站那裡。

而我現在相信，這位一個字都未曾寫過、葬在十字路口的詩人依然活著。她活在妳我之中，也活在今晚不在現場的很多女性之間，她們不在這裡是因為她們還在刷盤子、哄孩子入睡。

但她活著，因為偉大的詩人不會死，永世長存，一有機會便能活生生地走在我們當中。

我認為，這個機會正在到來，因為妳們有力量給予她這個機會。

因為我相信，假定我們再過一個世紀——我說的不是個人所過的小日子，而是普世的生活，因為那才是真實的生活——並且，我們每人每年都有五百英鎊，還有屬於自己的房間；

假定我們擁有了自由的習慣、直抒胸臆的寫作；

假定我們能時不時逃出家人共用的起居室，去觀察他人，但不總是從人與人之間的關係，而是從人與現實的關係出發去觀察；也要去觀察天空、樹木或任何存在於自體的物事。

假定我們的視線能穿透米爾頓的幽靈，因為誰都不該擋住我們的視界。假定我們面對事實，因為這就是事實：沒有可以依靠的臂膀，我們都是獨自前行，我們與整個現實世界發生關係，而不只是在男人女人的世界裡。

那麼，機會就將來臨，那死去的詩人——莎士比亞的妹妹——就能重煥新生，恢復她一再壓抑的本來面目。她將從那些無人知曉的前輩身上汲取生命，就像她哥哥之前所做的那樣，她將重生。

但若沒有這番準備，沒有我們的努力，沒有重生後就該盡情生活和寫詩的信念，我們就無法期許她的到來，因為那將是不可能的。

但我依然堅信，她會重生而來，只要我們為她努力，即使是在清貧、寂寞中努力，也是值得的。

## 譯者注

1. 白廳（Whitehall），倫敦街名，連接議會大廈和唐寧街，這條街上多為官方機構。
2. 柯立芝（Samuel Taylor Coleridge, 1772-1834，又譯為柯勒律治），英國詩人、評論家。代表作：文評集《文學傳記》（*Biographia Literaria*），詩歌《古舟子詠》（*The Rime of the Ancient Mariner*）、《忽必烈汗》（*Kubla Khan*）。
3. 克拉夫與戴維斯（Miss Anne Jemima Clough & Miss Emily Davies），女性教育的推動者，分別擔任劍橋紐納姆女子學院（Newnham College）和格頓學院（Girton College）院長。
4. 約翰·高爾斯華綏（John Galsworthy, 1867-1933），英國小說家、劇作家，一九三二年諾貝爾文學獎得主，二十世紀初期英國現實主義文學的代表作家。代表作：《福爾賽世家》（*The Forsyte Saga*）三部曲、《現代喜劇》（*A Modern Comedy*）三部曲等。
5. 約瑟夫·魯德亞德·吉卜林（Joseph Rudyard Kipling, 1865-1936），英國小說家、詩人，一九〇七年諾貝爾文學獎得主。代表作：詩集《營房謠》（*Barrack Room Ballads*）、《七海》（*The Seven Seas*），小說集《生命的阻力》（*Life's Handicap*）和動物故事《叢林之書》（*The Jungle Books*）等。
6. 老喬里恩（Old Jolyon），高爾斯華綏所著《福賽特家史》中的人物。
7. 沃爾特·羅利爵士（Sir Walter Raleigh, 1861-1922），英國時評家、隨筆作家，在幾所大學擔任英語文學教授。
8. 監察長官，指英聯邦國家曾任命的一種法政官員：由大法官任命的監察長官，主管無法處理個人事務的心智錯亂者的法律事宜，以確保其利益和財產不受損害。
9. 華特·薩瓦吉·蘭鐸（Walter Savage Landor, 1775-1864），英國詩人、作家、社會活動家。代表作：散文《假想對話錄》（*Imaginary Conversations*），詩集《羅絲·艾爾默》（*Rose Aylmer*）。
10. 馬修·阿諾德（Matthew Arnold, 1822-1888），英國詩人、時評家。
11. 威廉·莫里斯（William Morris, 1834-1896），英國詩人、小說家、翻譯家。
12. 約翰·拉斯金（John Ruskin, 1819-1900），英國作家、藝術家、藝術評論家，哲學家、教師和業餘的地質學家。代表作：以威廉・特納（J. M. W. Turner）繪畫創作為題的《現代畫家》（*Modern Painters*）。

13. 約翰・卡拉爾（John Clare, 1793-1864），英國詩人。

14. 詹姆斯・湯姆森（James Thomson, 1700-1748），英國詩人、劇作家。代表作：詩集《四季》（*The Seasons*）、《逍遙宮》（*The Castle of Indolence*）。

15. 紫式部（約 973-?），日本平安時代女作家，著有《源氏物語》、《紫式部日記》。西方學者認為《源氏物語》是世界上第一部長篇小說。

16. 原文 things in themselves，參考康德（Immanuel Kant, 1724-1804）提出的「物自身」論，亦即事物存在於自體之中，不涉及經驗，也不屬於現象或本體。

17. 阿齊博爾德・博多金爵士（Sir Archibald Henry Bodkin, 1862-1957），英國律師，一九二〇至一九三〇年間擔任檢察官，他特別反對他所認定的「淫穢」文學作品出版。

18. 約翰・蘭登–戴維斯（John Eric Langdon-Davies, 1897-1971），英國作家，曾是戰地記者，他創建了西班牙戰爭孤兒的「養父母計畫」，並因此獲得 MBE 勳章。

19. 西德尼・李爵士（Sir Sidney Lee, 1859-1926），英國傳記作家。代表作：《威廉・莎士比亞傳》（*A Life of William Shakespeare with portraits and facsimiles*）、《維多利亞女王的一生》（*Queen Victoria*）等。

特別收錄

# 應該怎樣讀一本書？*

首先要強調一下，我的標題末尾有個問號。就算我能回答這個問題，那也只是我的答案，並不是你們的。

實際上，在讀書這件事上，一個人能給另一個人的建議只有一條：不要聽從別人的建議，應該順從自己的直覺，發揮自己的思考，得出自己的結論。

如果我們能就這一點達成共識，我才能暢所欲言地提出觀點和建議，因為你們將不會任其束縛自己的獨立性，而獨立性是讀者能夠具備的最重要的素質。畢竟，針對書籍，怎能制定出規則呢？滑鐵盧戰役是在確定的日子裡發生的，但《哈姆雷特》就是比《李爾王》更好的戲劇嗎？沒人能這麼定論。每個人必須對這個問題做出自己的判定。

原著注

*本文是在某所學校演講的文稿。

如果盡信權威——即便是袞袍加身、冠冕堂皇的權威——允許他們進入我們的書房，告訴我們怎樣閱讀、讀什麼書、對讀物作何評價，那就無異於破壞自由精神，而那正是閱讀聖殿的氛圍。在其他領域，我們或許受制於多種律法和傳統，但在閱讀的聖殿裡完全沒有。

但是，為了享受自由，我們當然必須自控——請原諒這種老生常談。我們決不能無助、無知地浪費自己的能力，好比，為了澆灌一叢玫瑰花，卻噴濕了半棟屋；我們必須把自己的能力訓練得精準、有力，有的放矢，箭無虛發。

也許，這正是我們在圖書館裡遇到的第一個難題。有的放矢之「的」到底是什麼？圖書館看上去只是一座聚集之所，五花八門混作一堆。詩歌和小說、歷史和回憶錄、詞典和名人錄，用各種語言寫成，由不同性情、不同種族、不同年齡的男女作者創作的書，全部擠擠挨挨地擺在書架上。外面有驢子在叫，女人在公共水泵邊閒聊，馬駒在田野裡奔馳。我們該從哪裡開始？怎樣才能在這紛繁混亂中釐清秩序，以便從閱讀中得到最深遠、最廣博的愉悅？

當然，因為書有分門別類——小說，傳記，詩歌——我們就應該把書加以區分，從每一類別中獲得它們理應提供的內容，這樣說固然很簡潔，但很少有人反其道而行，去問問書本，它們能夠給予我們什麼。我們往往帶著預設門類、模糊的想法去讀書，期望小說應該寫實，詩歌應該有所虛構，傳記應該不吝美詞，歷史書應該強化我們的偏見。如果我們在閱讀時能夠盡消這些先入之見，那就將有個令人讚賞的好開端。

不要把你的意願強加給作者，要試著變成他，設身處地，成為他的同事和同謀。如果你一開始就畏縮在後、有所保留、吹毛求疵，那麼，你就是在阻止自己從閱讀中得到最完整的價值。但是，如果你盡可能地開放思路，那麼，從第一句話的起承轉合開始，書中蘊藏的幾乎難以察覺的跡象和暗示就將帶領你走向一個與眾不同的人物。沉浸在其中，熟悉這一切，你很快就會發現，作者在給你，或試圖給你某種更確鑿的東西。

假設我們首先考慮怎樣讀小說，一部小說有三十二個章節，所有章節都在試圖構建某種有所控制、有其形態的結構體，就像建築物那樣。但詞語比磚石更難把握，閱讀也是比觀看更費時、更複雜的過程。

要理解小說家的創作元素，也許，最快捷的方法不是先讀，而是先寫，自己去實驗，體會遣詞造句的危險和困難。然後，去回憶某些給你留下深刻印象的事件——譬如，在街角，你走過兩個正在交談的人；一棵樹在搖曳；一道燈光在跳躍；談話的基調既是喜劇的，又是悲劇的；那一刻，似乎包含了完整的想像、完整的構思。

不過，當你試圖用文字再現它時，卻發現它分解為上千種相互衝突的印象。有些必須弱化，有些必須強調，而在這個過程中，你很可能會失去對情感本身的全面掌控。

這時候，你可以從塗得模糊不清的凌亂稿紙中抬起目光，轉向一些偉大小說家的開篇——笛福、珍．奧斯汀、哈代。現在，你就能更充分地認識到：他們很高明。我們不僅面對著另一個人——笛福、珍．奧斯汀或湯瑪斯．哈代——還與他們生活在不同的世界裡。

在《魯賓遜漂流記》中，我們跋涉在一條平坦的大路上，事情一件接一件地發生，有事件及其發生的順序就足夠了。但是，如果說野外和歷險對笛福意味著一切，那它們對珍．奧斯汀就毫無意義。她的世界在客廳裡，在人們的談話裡，因為談話猶如多面鏡，能映照出談話者的性格。等熟悉了客廳及鏡面的映照後，假如再轉向哈代，我們又會暈頭轉向，四周只有空曠荒野，頭上只有滿天星辰。

現在，呈現出的是心靈的另一個面相——浮現在孤獨時的黑暗的一面，而非在他人身邊顯露的光明的一面。我們不是與人發生關聯，而是與大自然、與命運發生關聯。不過，這些世界雖然各不相同，卻都自成一體。創造這些世界的作者們無不謹慎地基於自己的態度、遵循相應的規則，不管那會不會給我們帶來閱讀上的壓力，反正，他們決不會像那些平庸的作家那樣，常常把兩種迥然不同的現實混進一本書，因而讓讀者困惑。因此，從一位偉大的小說家轉向另一位——從珍．奧斯汀轉向哈代，從皮考克轉向特洛勒普，從司各特轉向梅瑞迪斯——就意味著被強力扭轉、連根拔起、從這邊拋向那邊。讀小說是一門艱難而複雜的藝術，要想獲得小說家——偉大的藝術家——給予你的一切，你必須要有極其敏銳的感受力，還要有極其大膽的想像力。

然而，只消看一眼書架上那些彼此迥異、各式各樣的書籍，你就會發現只有極少數作家能被稱為「偉大的藝術家」；往往，一本書壓根就不會自稱為藝術品。譬如，傳記和自傳，記述了偉大人物的生平，或去世已久，甚而被遺忘的人，它們與小說和詩集緊挨著，擺在一起，難道我們應該拒絕去閱讀，就因為它們不算「藝術品」？還是說，讀是應當讀的，但要用不同的方式，帶著不同的目的去讀？還是說，我們應當首先為了滿足時常攫住心扉的好奇心而去讀它們？

就像在夜裡，我們徘徊在一棟燈火通明、百葉窗還沒放下的房子前，每一樓層都能讓我們看到人類生活的不同剖面；於是，我們會難以克制好奇心，想知道這些人生活的真面目——僕人們在嚼舌根，紳士們在用餐，女士們為晚會梳妝打扮，老婦人在窗邊織毛線——他們是誰，什麼身分，叫什麼名字，做什麼工作，有什麼想法，又有什麼樣的冒險故事？

傳記與回憶錄答覆了這類問題，照亮了無數這樣的房間，向我們展示了人們的日常家居，辛苦勞作，失敗，成功，吃喝，愛恨，直到死去。有時候，我們看著看著，房屋就會隱去，鐵欄杆消失，我們已置身海上，在捕魚，在航海，在戰鬥，在野蠻人和士兵中間，參與了偉大的戰役。

如果我們願意留在英格蘭，留在倫敦，那麼，場景也可以改變，街道變窄，房屋變得狹小、擁擠，玻璃窗格變成菱形的，氣味變得難聞。我們看到一位詩人，多恩，被迫離開這樣一座小屋，因為牆壁太薄，鄰家小孩的哭聲穿透過來。

我們可以跟著他，穿過書頁中的大街小巷，來到特威克納姆[1]，來到素以貴族和詩人聚會地點而聞名的貝德福德夫人公園；然後再移步到威爾頓，丘原下的那棟著名的豪宅，在那裡聆聽希德尼[2]把《阿卡迪亞》[3]讀給他姊姊聽，再去被描寫過無數次的沼澤間漫步，看看某部著名的浪漫主義詩歌曾描寫過的蒼鷺；然後，再跟另一位彭布羅克伯爵夫人，安妮·克利福德[4]，一起北上，到她領地裡的荒涼曠野。也可以衝進城市，看到加布里埃爾．哈維[5]穿著黑天鵝絨西服跟史賓塞[6]爭辯詩歌問題時，盡量克制我們的興奮之情。

在伊莉莎白時代的倫敦交替而來的黑暗與輝煌中摸索前行、蹣跚跌倒，是再迷人不過的體驗。但不能久留，好多個坦普爾[7]和舒易夫特[8]、哈利和聖約翰在向我們招手，要想平息他們的爭吵、解析他們的性格得耗上好幾個鐘頭；等我們厭倦了，還可以繼續徜徉，走過一位戴著鑽石首飾的黑衣女士，走向塞繆爾．詹森、哥爾德史密斯[9]和賈里克[10]，只要我們願意，還能越過海峽，去見見伏爾泰、狄德羅、德芳侯爵夫人[11]；再回到英格蘭，回到特威克納姆——某些地方和某些名字多麼頻繁地重現！——貝德福德夫人的公園舊址，也就是波普後來的住所所在，再回到草莓山莊的沃波爾[12]故居。

沃波爾又引見我們認識了那麼多的新人物，有那麼多宅邸要去拜訪，那麼多門鈴要按；我們或許會在貝瑞小姐的門前猶豫片刻，因為剛好看到薩克萊走了過來，他是沃波爾所愛女子的好友；所以，只要拜訪一個個朋友，從一座花園走向另一座花園，從一處宅邸走到另一處宅邸，我們就可以從英國文學的一端漫遊到另一端，繼而驀然發現自己又回到了現在——如果我們能這樣把此刻與過往的一切區分開來的話。

簡而言之，這是閱讀生平故事與信札的一種方法，我們可以讓傳記和自傳照亮過往的許多窗口，遙望那些已故名人的日常習慣；有時，我們會幻想與他們很親密，乃至能驚訝地發現他們的祕密，有時，我們也可以抽出一本他們撰寫的戲劇或詩集，看看在作者面前閱讀，會不會感覺有所不同。

不過，這又會引出其他問題。我們必須問自己，作者的人生會在多大程度上影響到一本書？讓這位傳記作者來詮釋那位作家，有多安全、多可靠？語言是如此敏感，如此容易受到作者性格的影響，那麼，我們應當在多大程度上抵抗或屈從於由傳記作者引發的同情和反感？閱讀他人的人生故事、信札時，這些問題都會壓在我們心頭，我們必須為自己回答，因為這都是相當個人化的問題，沒什麼比盲從別人的偏好更容易使人犯下致命錯誤的了。

其實，我們還可以帶著另一種目的去讀這類書籍，不是為了在文學上有所洞見，也不是為了熟知名人掌故，而是為了改善和培養我們自己的創造力。書架的右手邊不是有扇敞開的窗戶嗎？放下書卷、看看窗外是多麼令人愉快！外面，馬駒繞著田野奔跑，女人在水泵邊打水，驢子揚起脖子，發出刺耳的長嘶——這景象是如此的無意識，彼此互不相關，而且永動不息，這景象是多麼振奮精神！任何書房裡的大部分書籍，都不過是記述了這些男人、女人和驢子生命中的一些轉瞬即逝的時刻。

在成熟的過程中，每一類文學都會攢下一堆棄物，那是用支吾、微弱、已然滅跡的古音講述的逝去的時光、被遺忘的生命。但是，如果你讓自己沉湎於棄物堆，享受那種閱讀的樂趣，那些被丟棄、任其腐朽的人類生活的遺跡就會讓你驚喜，毋寧說，是被其征服。可能是一封信——但它呈現出怎樣的一幅畫面啊！可能只是幾句話——但它們帶給人何等的展望！

有時，會呈現出一個完整的故事，伴隨著如此美妙的幽默、哀婉和圓滿，儼如一位偉大小說家的手筆，其實呢，那不過是老演員塔特．威爾金森[13]在回憶瓊斯船長的傳奇故事；不過是阿瑟．韋爾斯利[14]手下的年輕副官愛上了里斯本的一位漂亮女性；不過是瑪麗亞．艾倫在空蕩蕩的客廳裡丟下針線活，歎息地說她多麼希望當初聽了伯尼博士[15]的好言相勸，別和她心愛的里希私奔。

這些都沒有價值，說穿了都是微不足道的小事；但現在時不時在舊物堆裡翻翻卻是多麼讓人著迷啊，就在窗外馬駒繞著田野奔跑、女人在水泵邊打水、驢子刺耳長嘶的時候，找出埋在海量往事下面的老戒指、老剪刀和破雕像的鼻子，努力把它們拼湊起來！

但長遠來看，我們最終會厭倦閱讀棄物，厭倦必須為了把威爾金森、班伯里和瑪麗亞·艾倫這些傳記中的人物能夠呈現給我們的真假摻半的故事補充完整，而去尋覓別的素材。他們沒有藝術家那種有所強調、有所篩選的能力；他們連自己的生活都不能完整實述，把一個本來可以很好看的故事講得支離破碎。他們只能提供一些事實，而提供事實是非常低劣的虛構形式。

因此，我們會愈來愈渴望放下那些模稜兩可、欠缺完整的敘述，不再去搜尋人性的細微差別，而去享受經過更精純提煉、小說才有的更純粹的真實感。於是，我們滋生出一種情緒，強烈而概括，不拘於細節，而是用某種有規則的、反覆出現的韻律去加以強調，這種情緒的自然表達便是詩歌。等到我們幾乎自己都能寫詩的時候，就到了讀詩的時候……

西風何時吹起？
絲絲小雨下不停，
天啊，只願愛人在懷中，
我重回床榻！[16]

詩歌的影響是如此強烈而直接，一時間，只能感受到詩歌本身，除此之外再沒有別的感覺。就這樣，我們進入了深邃的境界——這種沉浸是多麼突然，又是多麼徹底！這詩裡沒有任何牽制，沒有什麼能阻擋我們的飛翔。虛構的幻覺是漸漸形成的，最終的效果經過了預先鋪墊，但是，在讀到這四行詩時，誰會停下來問這是誰寫的？誰還會聯想到多恩的破屋或希德尼的文書？或是把這詩句置於錯綜複雜的過去和世代更替之中？詩人，永遠是我們同時代的人。

我們的存在，在這一刻被集中、被濃縮，就像處於任何一種強烈震撼的私人情感中。然後，那感覺會在我們心中一圈圈擴展，真實不虛，直至更邊緣的感覺神經也被觸動，開始發出聲音，做出評論，我們便感知到了回音和反思。詩歌的強度涵蓋了相當廣泛的情感範疇。我們只需略加比較，先看這兩句的震撼與直接：

> 我要倒下如樹，倒向我的墳墓，
> 只記得我悲傷難抑。[17]

再看看這幾句搖曳的韻律：

細沙滴落，細數分秒，
如斯沙漏；漫長光陰
令我們荒廢青春直至入墓，我們回首歲月
一時歡愉，狂喜揮霍，終於
歸家，歸於悲戚；但生命，
厭倦了放縱，細數粒粒細沙，
哀歎中哀泣，直至最後一粒落下，
宣告災難終止，歸於安息。[18]

或是在這幾句詩中沉思：

無論年輕還是年老，
我們的命運，我們存在的中心與家園，
無窮無盡，也只有在那裡；
帶著希望，永遠不會死滅的希望，

努力，期待，渴望，
以及永恆之物。[19]

再對照這幾句中豐饒圓滿的雅麗：

月亮悠悠升上碧空，
無論何處都不停留：
她輕盈地向上飄升，
一兩顆星子相伴左右——[20]

或是這幾句的奇妙幻想：

徘徊林中的幽靈
不會停止遊蕩
在遠處的空地裡，

偉大的世界燃燒之際，
一股輕柔的火焰在升騰，
在他敏銳的眼中，好似
樹蔭下的番紅花。[21]

只需比較這些詩句，我們就能領略詩人多姿多采的藝術手法。詩人能讓我們同時成為演員和觀眾；就像把手伸進手套裡一樣，詩人能摸透人性，從而搖身變為法斯塔夫或李爾王；詩人有濃縮、延展、表達的本領，一勞永逸。

「只需比較」——這一語道破天機，等於承認了：閱讀真的是很複雜的事。盡最大的理解力獲取初步印象，這只是整個閱讀步驟的第一步。我們若想從書中得到全部的快樂，就必須完成另一步。我們必須對這些多種多樣的印象做出判斷；必須把這些稍縱即逝的感想固化成扎實、持久的印象。但不能馬上就完成。等待閱讀的塵埃落定，等矛盾和疑問平息；散步，聊天，摘下枯萎的玫瑰花瓣，要不就睡上一覺。

然後，突然之間——大自然的潛移默化莫過於此——就在出乎意料的時候，那本書又會重現，但已是另一番模樣了。它會成為一個整體再次浮現，搶占思維的前灘。作為一個整體，它已不同於閱讀字句段落時的那本書了。現在，各種細節各就各位。我們從頭至尾看到了它的形狀，是穀倉，是豬圈或是大教堂。現在，我們可以把書與書作比較了，好像比較不同的建築物。

但這種比較意味著我們的立場已改變，我們不再是作者的朋友，而是他的評審；做朋友時，再多同情和共鳴都不為過，同樣，擔任評審員時，再嚴厲也不為過。浪費我們的時間和同理心的書，不就是罪犯嗎？炮製假書、偽書，令世界烏煙瘴氣、充滿腐敗和疾病的壞書的作者們，不就是腐蝕、玷汙社會的最陰險的敵人嗎？

那就讓我們開始嚴厲的評判吧，把每本書與同類別中最偉大的作品去比較。經過評定，我們讀過的書就會以固定的形狀留在腦海中——《魯賓遜漂流記》、《艾瑪》、《還鄉》，要比，就要和這些最好的書比較，包括最新、最不起眼的小說都有權利被放在最好的作品旁邊接受評審。要比，也要與詩歌比較——當韻律帶來的迷醉感淡去、詞藻的光彩消退，一種可見的形象就會回到我們腦海中，必須與《李爾王》、《費德拉》[22]、《序曲》去作比較；就算不和這些傑作比較，也要與我們心目中的同類型詩歌中的最出色的作品去比較。這樣，我們或許才能確定：新詩和新小說之「新」其實只是最膚淺的特點，我們只須稍稍改進評判以往作品的標準，並不需要徹底改變。

如果假設閱讀的第二步，亦即評判和比較，就像第一步那樣簡單明瞭——只要敞開心扉，接受快速湧入腦海的無數印象——那就太愚蠢了。

第二步，需要你在眼前沒有攤放書本的情況下，繼續閱讀，把一個模糊不清的形象與另一個對照；還要有廣泛的閱讀積累，以及足夠的理解力，才能使這種比較生動活潑、具有啟示性——做到這些就很難了。

更難的是，還要進一步說出：這本書不僅屬於哪種類型，而且具有什麼價值，失敗在哪裡，成功在哪裡，好在哪裡，不好在哪裡。履行讀者的這種職責需要充沛的想像力、洞察力和學識，不是隨便誰的頭腦都具備這些能力的；即便是最自信的人，頂多也只能在自己身上發現這種能力的幼苗而已。

所以，如果你索性放棄閱讀的這一步，放手讓批評家們，讓圖書館裡那些袞袍加身、冠冕堂皇的權威們去替我們判定那本書有沒有絕對的價值，豈不是更不明智呢？然而，那幾乎是不可能辦到的任務啊！

我們或許會強調共鳴的價值，或許會在閱讀時努力忘記自己的身分，卻還是知道無法達成徹底的共鳴，無法把自己完全沉浸進去；內心總有一個小魔鬼在輕輕說，「我討厭，我喜歡」，我們無法讓他保持沉默。實際上，正是因為有這種好惡，我們與詩人、小說家的關係才如此親密，根本無法容忍別人存在。即使最終的意見與他人不同，即使我們的判斷錯誤，但自己的品味、那種撼動周身神經的感覺，仍然堪比我們的燈塔。我們透過感覺去學習，不能在減弱自己的個性的同時壓抑自己的偏好。

不過，隨著時間推移，我們或許能夠培養自己的品味，令其有所服從，有所節制。在貪婪飽嘗各種書籍——詩歌、小說、歷史、傳記——之後停止閱讀，轉而去探索久遠時空裡的多樣化、現世物事的互不和諧之後，我們就會發現品味會有一點改變，它不再那麼貪婪了，更喜歡反思了。從這時開始，它就不僅能給出對某本書的評判，還能告訴我們，這本書與某些書有什麼共同特點。它會說：注意這一點，我們該稱之為什麼？接著，它會給我們念一段《李爾王》，或許再念一段《阿伽門農》，以揭示那種共同特點。

於是，在自己的品味的引導下，我們就能超越單本書籍，去尋找能把書歸為同類的那些特質；我們會為之起名，擬定規則，以此讓我們感知的各種觀念井井有條。透過這種辨析，我們將獲得一種更深入、更罕見的愉悅。不過，只有與書籍本身密切關聯，並因此不斷地破而再立，規則才能真正擁有生命力。在宛如真空的狀態中，制定脫離實際的規則是再容易，也再愚蠢不過的了。

好了！為了在這種艱難的努力中穩步前進，我們現在終於可以求助於那些不可多得的傑出作家了，他們能夠提升我們對於文學藝術的領悟。在柯立芝、德萊頓[23]和詹森那些深思熟慮的評論中，在詩人和小說家們那些常被忽視的言詞中，往往會出現特別切題的看法，其相關性令人驚訝，足以照亮我們腦海深處模糊不清的念頭，並加以鞏固定形。

但只有當我們老老實實帶著自己閱讀中產生的問題和想法去請教時，他們才能真的幫到我們。如果我們把自己完全交託給他們，棲身在他們的權威之下，儼如綿羊躺在樹蔭裡，他們就幫不到我們了。如果我們與他們意見相左，繼而被他們征服，我們才會真正理解他們的判斷。

如果真是這樣——讀書需要極其稀罕的想像力、洞察力和判斷力——想必你會下這樣的定論：文學是一種非常複雜的藝術，就算我們苦讀一輩子書，好像也不太可能對文學評論做出什麼有價值的貢獻。我們必須繼續當讀者，而不應覬覦屬於那些極少數佼佼者的高級榮譽，他們既是讀者，又是評論家。但作為讀者，我們仍然有自己的責任，甚至也有一定的重要性。我們設立的標準、做出的評判都會滲入空氣，融入作家寫作時呼吸的氛圍。由此，締造出對作者們的影響力，即使我們的感想不會被刊印出來。

只要是教導有方的、獨立、真誠又有活力的影響，現在就可能擁有重要的價值，因為，在評論尚未定論時，書籍就像射擊場上的動物靶子一樣快速流動，評論家只有一秒鐘的工夫去裝彈、瞄準和射擊，而且很可能失手，把兔子當成了老虎、把老鷹當成家禽，或者完全打飛，把子彈浪費在遠處安詳吃草的乳牛身上。

如果，除了媒體發表的某些盡失水準的評論，作家還能感受到另一種評價——來自只因熱愛讀書而慢慢地、非專業地讀書的讀者們，他們的評價帶有強烈的共鳴，又極其嚴厲——這難道不會有助於提高作家的寫作品質嗎？如果，以我們讀者的方式使書籍更茁壯有力、更豐饒多樣，那就是一個值得去圓滿的結果。

話說回來，又有誰讀書是為了求個結果呢——即使是令人渴望的？有沒有什麼事，是我們僅僅因為它本身很美妙、因為有終極的幸福而去做的？難道讀書不算嗎？

至少，我會時常夢想，末日審判來臨時，偉大的征服者們、大律師們和政治家們都領受了獎賞——王冠、桂冠、刻在大理石上的永不磨滅的姓名，這時候，上帝看到我們胳膊下夾著書走過來，就轉向彼得，不無嫉妒地說：「看，這些人不需要獎賞。我們沒什麼可以給他們的。他們曾熱愛讀書。」

## 譯者注

1. 特威克納姆（Twickenham），倫敦西南區地名。
2. 希德尼·赫伯特男爵（Sidney Herbert, 1810-1861）是彭布羅克伯爵十一世最小的兒子，赫伯特家族的豪宅就位於威爾頓。他是佛羅倫斯·南丁格爾的密友。
3. 《阿卡迪亞》（*Arcadia*），義大利詩人雅各布·桑納扎羅（Jacopo Sannazaro, 1458-1530）一四八〇年創作、一五〇四年在那不勒斯出版的田園散文詩。
4. 安妮·克利福德（Anne Clifford, 1590-1676），出生於英國西北部威斯特摩蘭，是克利福德男爵的唯一繼承人，在第二次婚姻中嫁給菲力浦·赫伯特，亦即彭布羅克伯爵四世。她是著名的文學贊助人，留下了很多文采洋溢的書信和日記，晚年一路向北，搬回了出生地。
5. 加布里埃爾·哈維（Gabriel Harvey, 1552-1631），英國作家、學者，曾致力於推動六音步詩歌的發展。
6. 艾德蒙·史賓塞（Edmund Spencer, 1552-1599），英國文藝復興時期的偉大詩人。代表作：長篇史詩《仙后》（*The Faerie Queene*）等。
7. 威廉·坦普爾爵士（William Temple, 1628-1699，又譯為湯樸），英國散文作家。代表作：《雜談集》（*Miscellanea*）。
8. 喬納森·舒易夫特（Jonathan Swift, 1667-1745，又譯為綏夫特），愛爾蘭作家，他有多重身分。包括神職人員、政治小冊作者、諷刺作家、作家、詩人和激進分子。代表作：《格列佛遊記》（*Gulliver 's Travels*，又譯為格理弗遊記）、《一只桶的故事》（*A Tale of a Tub*）等。
9. 奧立佛·哥爾德史密斯（Oliver Goldsmith, 1728-1774），英國作家、劇作家、小說家。代表作：《世界公民》（*The Citizen of the World*）、《關於歐洲純文學現狀的探討》（*The Vicar Of Wakefield*）等。
10. 大衛·賈里克（David Garrick, 1717-1779），英國演員、劇作家，在十八世紀英國戲劇節影響頗大，創辦了最初的幾屆莎士比亞戲劇節，是塞繆爾·詹森的學生和密友。
11. 德芳侯爵夫人（Madame du Deffand, 1697-1780），法國貴族、藝術贊助人。
12. 霍勒斯·沃波爾（Horatio Walpole, 1717-1797），即奧福德伯爵四世，英國第一屆首相的輝格黨政客羅伯特·沃波爾的幼子，英國作家，藝術史學家。沃波爾家族豪宅位於草莓山莊（Strawberry Hill）——特威克納姆，泰晤士河畔的富裕地區。

13. 塔特．威爾金森（Tate Wilkinson, 1739-1803），英國演員，戲院經理。

14. 阿瑟．韋爾斯利（Arthur Wellesley, 1769-1852），威靈頓公爵，軍事家、政治家，第二十一屆英國首相，曾參與過打敗拿破崙的滑鐵盧戰役，是世界歷史上唯一獲得八國元帥軍銜的軍人。

15. 查理斯．伯尼（Charles Burney, 1726-1814），范妮．伯尼之父，英國音樂史學家，作曲家，一七六九年榮獲牛津大學音樂博士榮譽學位。伯尼家族有許多文藝界的好友。這個場景出自范妮．伯尼所著的回憶錄。

16. 英國民謠，可見於《牛津版英國詩歌錄 1250-1900》，詩名：“The Lover in Winter Plaineth for the Spring”。

17. 鮑蒙特（Francis Beaumont, 1584-1616）和弗萊徹（John Fletcher, 1579-1625）所作的“Confessicn of Evadne to Amintor”。

18. 約翰．福特（John Ford, 1586-1639）所作《細沙滴落，細數分秒》（*Minutes are numbered by the fall of sands*）。

19. 華茲華斯所作《序曲》中的一段。

20. 柯立芝所作《古舟子詠》中的一段。

21. 艾伯納叟．瓊斯（Ebenezer Jones, 1820-1860），英國憲章派詩人，所作的“When The World Is Burning”中的一段。

22. 《費德拉》（*Phaèdra*）：法國戲劇大師珍．拉辛（Jean Racine, 1639-1699）的五幕悲劇劇本（Five-Act Form）。

23. 約翰．德萊頓（John Dryden, 1631-1700），英國詩人、劇作家、文學評論家、翻譯家。代表作：《一切為了愛情》（*All for Love*）、《論戲劇詩》（*Essay of Dramatick Poesie*）等。